Danièle Fossette

Danièle Fossette est née sur la Côte d'Opale. Très tôt, la mer l'invite au voyage. Fascinée par les îles, elle passe plusieurs années à Madagascar, à Mayotte, en Martinique, à Tenerife. Reporter, professeur de lettres, conteuse voyageuse, elle publie une trentaine d'ouvrages, essentiellement pour la jeunesse. Ses livres ont été traduits en plusieurs langues et certains récompensés par le Prix Sorcières. *La Fabrique des petits bonheurs* (NiL, 2021) est son premier roman pour adultes.

LA FABRIQUE DES PETITS BONHEURS

DANIÈLE FOSSETTE

LA FABRIQUE DES PETITS BONHEURS

NiL

MIXTE
Papier issu de sources responsables
FSC® C003309

L'éditeur de cet ouvrage s'engage dans une démarche de certification FSC® qui contribue à la préservation des forêts pour les générations futures.

Pour en savoir plus :
www.editis.com/engagement-rse/

ISBN : 978-2-266-31883-9
Dépôt légal : juin 2022

« Hâte-toi. Hâte-toi de transmettre
ta part de merveilleux, de rébellion,
de bienfaisance. »

René Char

« Envole-moi. Remplis ma tête
d'autres horizons, d'autres mots… »

Jean-Jacques Goldman

1

La petite sur le 1, la grande sur le 6

Romeo était assis dans la cuisine de son appartement. Devant la pendule.

Il surveillait les aiguilles.

Quand la petite serait sur le 1 et la grande sur le 6, il partirait.

Les mains posées à plat sur ses genoux, il ne bougeait pas.

Il attendait.

Il observait la ronde des secondes, des minutes. Parfois, elles se mettaient à tourner autour de lui, puis autour de l'immeuble, autour de la ville, autour de la Terre : il devait prendre sa tête entre ses mains pour les arrêter. Alors, seulement, elles se calmaient et il pouvait regarder la pendule.

La petite sur le 1, la grande sur le 6.

Se concentrer là-dessus.

Uniquement là-dessus.

À d'autres moments, son esprit lui échappait et se promenait quelque part, sans lui. Alors, il restait là. Sans bouger. Et tout finissait par revenir à sa place. Comme les aiguilles.

La petite sur le 1, la grande sur le 6.

C'était l'heure de partir, il se leva, rangea sa chaise et attacha sa sacoche autour de sa blouse blanche qu'il ne quittait jamais. Il vérifia qu'il avait bien sa carte d'identité. Il la relut lentement comme pour l'apprendre : Romeo Lombardi. Date de naissance : le 6 juillet 1970. Il était le fils d'Inma et Gustavo Lombardi, ça, il s'en souvenait. Son père émigré d'Italie, sa mère émigrée d'Espagne, pour échapper à quelqu'un ou quelque chose, mais ça, il ne le savait plus précisément.

On était lundi et c'était pour Romeo un jour nouveau. De toute façon, chaque jour effaçait presque le précédent. On l'avait autorisé à se rendre à l'atelier d'écriture. Désormais, il aurait deux rendez-vous dans la semaine : le jeudi, à l'hôpital, pour soigner ses maux. Et le lundi, à l'atelier, pour que les mots le soignent. Il y a quelque temps, il allait à l'hôpital pour y travailler. Il s'en souvenait de temps en temps. Maintenant, il était un client. On disait un patient. C'est vrai qu'il avait appris la patience depuis son accident.

La petite sur le 1, la grande sur le 6.

Il essaya de refaire le chemin dans sa tête avant d'ouvrir la porte sur l'inconnu. L'année dernière, quelqu'un l'accompagnait dans tous ses déplacements. Maintenant, il était capable de faire un trajet seul. Une fois, une seule fois, il n'avait pas vu passer les aiguilles. Il s'en souvenait comme d'un grand trou noir. Quand il en était sorti, les deux aiguilles de la pendule étaient superposées. Sur le coup, il avait cru qu'il n'y en avait plus qu'une. Il s'était affolé. Il avait secoué la pendule, avait attendu un moment puis l'avait regardée avec crainte. Les aiguilles étaient à nouveau deux.

Alors maintenant, il surveillait.

La petite sur le 1, la grande sur le 6.

Il devait se dépêcher avant que les aiguilles ne changent d'avis. Il descendit l'escalier en se tenant bien à la rampe. Il passa devant la concierge et lui dit poliment :

— Bonjour, madame Georgette.

Elle haussa les épaules et poussa un gros soupir.

— C'est Janine que je m'appelle ! Ja-nine ! C'est pourtant pas plus compliqué que Georgette ou Brigitte ! Si c'est pas malheureux !

— Vous fâchez pas, madame Janine, je vous ai reconnue. Vous êtes la concierge.

— Allez, c'est bon, Romeo, je t'en veux pas !

Depuis son accident, elle le tutoyait et l'appelait par son prénom. Il longea le mur sur trois cents mètres puis d'un seul coup, comme si la voix robotisée d'un GPS l'en avait brusquement averti, il tourna à angle droit et traversa la rue. Un pâté de maisons à dépasser et il arriva devant une ancienne usine. Il eut un moment de panique devant l'énorme bâtiment. Il ne savait plus s'il devait y entrer. Heureusement, une autre voix dans sa tête lui dit ce qu'il fallait faire.

2

Un rêve très monitoire

— Aujourd'hui, je me fais le 9.

Pas le 5.

Le 5, j'en ai marre. De toute façon, il n'est pas beau.

Le 9 est mieux. Surtout depuis qu'il laisse pousser sa barbe. C'est pour moi qu'il fait ça, c'est sûr. C'est décidé, aujourd'hui ce sera le 9 !

Marilyn – de son vrai nom Ginette – parlait tous les matins à son miroir. Elle avait une façon bien à elle de se maquiller qui tenait à la fois de l'art de la dissimulation et de l'art de la guerre. Du rouge vif pour une bouche agressive, du noir charbon pour des yeux de braise, un fond de teint hâlé pour d'éternelles vacances, des cheveux blonds qui cachaient mal leurs racines. Mais quand elle y pensait, elle voyait plutôt les racines qui la rattachaient à son village de Beauchain-les-Mines. Ces racines-là ne donnaient, selon elle, que des arbres rabougris et elle voulait être un chêne. Ou alors un roseau qui encaisse les tempêtes sans jamais casser.

Pour arriver à ce résultat, tout un rituel était nécessaire. Marilyn avait soigneusement découpé les pages de magazines féminins en choisissant les publicités les plus prometteuses. Elle les avait scotchées tout autour de son miroir et les relisait lentement, comme une formule magique, tout en appliquant son mascara ou son rouge à lèvres. « Ce parfum qui vous rendra tentatrice », « Sublimez votre regard », « L'huile magnifique qui vous donne une jeunesse éternelle ».

C'est ainsi qu'elle passait chaque matin de Ginette à Marilyn.

Aujourd'hui, le résultat dépassait toutes ses espérances. Elle ajouta d'énormes boucles en métal doré, suffisamment lourdes pour allonger ses oreilles qu'elle trouvait trop petites. Une copine des Restos du cœur lui avait dit que ça ne changerait rien à leur taille. Mais Marilyn avait juré avoir vu à la télévision un Kenyan qui s'était accroché des canettes de Coca et le lobe de ses oreilles pendait d'au moins dix centimètres. La copine n'avait plus rien trouvé à redire.

Marilyn inspecta d'un œil plutôt satisfait ses accroche-cœurs. Elle sourit en pensant à l'incendie qu'elle allait allumer chez le 9.

— C'est lui, j'en suis sûre, cette fois je ne me trompe pas. Je le sens !

Il ne pouvait pas ne pas la remarquer : le pire pour une femme, selon Marilyn, était de passer inaperçue.

De ce côté-là, elle ne risquait rien.

Elle fronça les sourcils et dompta quelques cheveux rebelles avec un grand jet de laque qui finit dans son œil en laissant une traînée de mascara. Elle rajouta un collier vert pomme en plastique. Elle prit son sac sur la commode, mit ses tickets de bus dans la poche de sa veste, « celle côté cœur », tira sur sa jupe qui frisait l'explosion sous la pression de ses fesses généreuses et ferma la porte de son studio.

Pour la rouvrir aussitôt. Est-ce qu'elle avait fermé le gaz ? La bouteille de camping était sur la table à côté de la vaisselle : deux assiettes, deux bols et un verre. Elle en avait cassé un. Oui, c'est bon, le gaz était fermé.

Machinalement, elle se dirigea vers la cage du canari pour lui dire au revoir. Elle avait oublié qu'elle l'avait aspiré en faisant le ménage. Quand elle l'avait retiré du tuyau de l'aspirateur, il ne chantait plus.

Deux étages en dessous, son voisin la guettait. Il portait un marcel propre d'où s'échappait une touffe de poils qui n'eut aucun effet sur Marilyn. Il lui barra le passage et ricana :

— Alors, la Monroe, on va prendre son bus ?

Elle le toisa un instant du haut de son mètre soixante-cinq puis marmonna pour elle-même :

— Même pas une casquette sur la tête et ça se prend pour un Don Juan !

Elle avait vu dans son horoscope que le Grand Amour arriverait bientôt et dans ses rêves, son Promis portait un uniforme. Par fidélité anticipée, elle rejetait définitivement tout mâle qui osait lui faire des avances sans porter au moins une casquette. D'un coup de sac à main bien placé, elle libéra le passage et continua son monologue :

— Comme ça, j'ai le temps. Douze arrêts. Cinquante-cinq minutes de trajet. Le 9, c'est mieux. C'est sûr, c'est lui.

Elle marcha d'un pas rapide jusqu'à la gare routière. Elle avait un arrêt près de chez elle. Mais si elle prenait le bus à son départ de la gare, elle avait plus de chances de choisir sa place. Juste derrière le chauffeur. Quand il regarderait dans son rétro, il ne pourrait pas la manquer. À l'arrêt « Hôtel-de-Ville », elle se rapprocherait encore pour qu'il voie son profil. Par chance, ce serait le gauche. Le meilleur. Elle lui jetterait des coups d'œil à la dérobée, pour ne pas l'effaroucher. Malgré leurs casquettes, elle le savait, c'étaient de grands timides, les chauffeurs.

Un jour, il y en avait un qui lui avait crié d'arrêter de l'observer, d'arrêter de prendre le bus tous les jours, d'arrêter de lui écrire. Elle avait souri avec indulgence : elle le savait, c'était sa façon à lui de montrer ses sentiments. Malheureusement, il avait été muté sur une autre ligne. Trop loin de chez elle. Le petit jeune qui l'avait remplacé n'était pas mal non plus. Il avait du charme, avec sa manière de visser sa casquette de travers. En tout cas, il était mieux que le 5. Le 5, elle le trouvait bien au début. Puis elle l'avait croisé, flanqué d'une femme et de deux gosses. Le charme était rompu.

Avec le 9, elle avait toutes ses chances. Il lui avait lancé des regards étonnés, la dernière fois. C'est sûr, le coup de foudre, ça étonne toujours. Elle irait en douceur. Elle ne le brusquerait pas. C'était sûrement un sentimental comme elle, et elle avait ce qu'il fallait. L'estocade finale : une déclaration sur papier rose ! Ah, il allait voir qu'elle n'avait pas peur des mots, la Marilyn ! L'enveloppe était au fond de son sac. Tatouée d'un grand 9, lui-même souligné d'un trait, pour ne pas le confondre avec le 6.

Le 6, c'était pour le dimanche. Au cas où…

Il ne restait plus qu'à écrire la lettre. C'est pour ça qu'elle s'était inscrite à l'atelier d'écriture de la mairie. Pour lui écrire de belles lettres. Pour leur écrire à tous de belles lettres d'amour. Jusqu'à ce qu'elle trouve le sien, son homme, celui qu'elle aimerait toute sa vie, enfin ce qu'il en restait, de sa vie. À trente-neuf ans, Marilyn était persuadée qu'il y avait un Grand Amour pour elle quelque part et que si elle ne l'avait pas encore trouvé, c'était parce qu'elle n'avait pas été assez méthodique dans ses recherches. L'idée que son homme à elle vivait peut-être à deux pâtés de maisons et qu'il cherchait désespérément sa Marilyn lui donnait du courage. Elle avait donc décidé de mettre de l'ordre dans sa vie et d'être organisée. Puisque ce serait un homme en uniforme – elle avait aussi décidé d'écouter ses rêves « très monitoires » – autant procéder systématiquement, pour être sûre de ne pas passer à côté du Grand Amour. C'est pour ça que depuis deux mois, sans jamais se décourager, elle prenait le bus tous les matins, changeant de ligne chaque fois que, d'une manière définitive, le chauffeur ne répondait pas à ses avances. Quand elle aurait pris tous les bus de la ville, s'il le fallait, elle passerait à la fanfare municipale : elle avait un faible pour leurs uniformes à boutons dorés et l'idée de tomber amoureuse d'un artiste l'émoustillait. Elle avait aussi pensé mettre une annonce sur un site de rencontre mais elle se demandait s'il était possible de cocher l'option « avec uniforme ». Donc d'abord les chauffeurs de bus ! Au moins, avec eux, il y avait du voyage, de l'aventure au coin de la rue. Et si, à la fin de l'été, elle n'avait toujours rien trouvé à la taille de son cœur (elle aimait dire qu'elle mettait du 95D mais que son cœur faisait du 95XL), elle se résignerait à aller voir du côté de la police. Mais un homme qui aimait jouer avec des menottes, ce n'était pas trop son truc. Son truc à elle, c'étaient les belles déclarations d'amour qu'elle écrirait consciencieusement, en mettant une majuscule à Amour. Elle attendait avec impatience le premier atelier d'écriture.

3

« J » comme « J'hésite »

— On boucle ce soir, vous avez oublié ?

Alice se redressa d'un bond sur sa chaise. Le maire occupait un immense bureau et elle, le petit placard d'à côté et il en franchissait rarement la porte mais c'était plus fort qu'elle : elle sursautait chaque fois qu'il l'appelait. Elle n'aurait pas été étonnée de voir sa grosse tête rougeaude traverser le mur et s'encadrer dans l'affiche qui vantait la gastronomie de la ville de Bourgis. Comme elle aurait aimé alors planter deux punaises dans ses joues rebondies pour les entendre se dégonfler…

— J'arrive tout de suite, monsieur le Maire !

Pour ce numéro de la gazette municipale, Alice avait réalisé une interview exclusive des boulistes à propos du réaménagement de leur terrain de pétanque, un article sur la construction de la nouvelle caserne de gendarmerie et quelques lignes sur les logements sociaux que le maire avait promis… pas de quoi passer à la postérité. Des études de lettres pour en arriver là ! De René Char à la feuille de chou municipale. À peine plus de trente ans et Alice regardait déjà avec amertume le chemin parcouru. À son entretien d'embauche, le maire lui avait bien fait comprendre que son poste était précaire, qu'on lui donnait un emploi par pure générosité – il fallait bien aider les jeunes – et qu'elle devait s'estimer heureuse de gagner sa vie en ne produisant rien. Enfin, juste des mots.

Donc rien.

Il lui avait ensuite expliqué qu'elle devrait s'occuper du site de la mairie et de la parution mensuelle du journal municipal (ah ! tiens, les mots étaient donc utiles, parfois !). Bien sûr, il devrait y avoir chaque fois plusieurs photos de lui, il avait bien insisté sur ce point. Elle devait aussi lui montrer tous ses articles avant publication (« pour le cas où certaines choses vous auraient échappé », avait-il cru bon de préciser). Bien entendu, c'était lui qui choisirait les sujets.

— Mais vous serez pour ainsi dire journaliste ! Rendez-vous compte !

Oui, pour ainsi dire, avait pensé Alice.

Il avait ajouté que, pour lui donner davantage de responsabilités, elle se chargerait du travail d'un bout à l'autre. Et Alice avait compris qu'elle s'occuperait aussi de la photocopie. Les photocopieuses supportant mal plusieurs utilisateurs, elle ferait d'ailleurs toutes les photocopies dont avait besoin le maire. À la fin de l'entretien, il s'était penché vers Alice et, sur un ton presque complice, lui avait annoncé :

— Et ce n'est pas tout. J'ai quelque chose pour vous ! Une expérience ! Un laboratoire ! Étant donné votre parcours, je vous confie aussi l'animation… d'un atelier d'écriture !

Il avait attendu une réaction de la part d'Alice mais elle était perplexe alors il avait enchaîné :

— Ah, ça vous en bouche un coin ! Je le savais bien ! Je vous ai déjà trouvé un lieu ; tous les cas sociaux de Bourgis pourront s'y retrouver. Même l'hôpital psychiatrique a promis de me faire de la pub : « Écrire pour guérir », ça sonne bien, non ? Ah, je savais que j'allais vous épater ! Et dans le lot de vos… clients, il y aura sûrement quelques braillards contestataires, ça les calmera, il vaut mieux qu'ils écrivent que de gueuler dans les rues.

Puis il s'était repris et avait claironné :

— Je pense aussi aux plus démunis.

Et Alice avait ajouté pour elle-même : *Les élections approchent.*

Malgré la consternation évidente de la jeune femme, il s'était autocomplimenté, trouvant sa politique sociale particulièrement « contemporaine et novatrice », d'ailleurs c'est en ces termes qu'elle devrait en parler dans le prochain numéro de la gazette. Il avait appuyé ses propos d'une caresse satisfaite sur son ventre rebondi.

— Faire écrire les zonards, les occuper à gribouiller, il n'y a que moi pour y avoir pensé. À nous deux, on va ranger les dérangés ! avait-il plaisanté. Allez, allez, ne faites pas cette tête-là, vous verrez, ils ne sont pas méchants et ça vous fera un peu de social à mettre sur votre CV ! Pour ne rien vous cacher, il en aurait bien besoin. J'ai hésité à vous prendre : une thèse sur la poésie lyrique, ça ne vous décale pas un peu, non ? Enfin, moi, la poésie, ce que j'en dis ! De toute façon, c'est un truc de nana. Mais bon, j'ai bien connu votre père et je ne suis pas un ingrat…

Sur ce, il l'avait congédiée parce qu'une affaire urgente l'attendait.

L'affaire urgente était si mamelue que son chemisier menaçait d'exploser. Perchée sur des talons aiguilles, elle regardait d'un œil incendiaire cette jeune femme qui sortait du bureau du maire.

Et maintenant, Alice en était là. Elle avait accepté – avait-elle le choix ? – ce travail d'employée municipale, ce titre était plus adapté, et avait déjà rempli deux gazettes avec des nouvelles dégoulinantes de politique sirupeuse. Et pas encore remercié son père pour ce poste… Au moins auraient-ils quelque chose à se dire au téléphone, la prochaine fois qu'il appellerait…

Bientôt, elle commencerait l'atelier d'écriture. Faire écrire, quelle drôle d'idée ! Pour elle, c'était un acte solitaire, qui ne répondait qu'à une exigence intérieure. Alice avait toujours ressenti intimement cette soif d'écrire, ce besoin d'un dialogue avec son imaginaire. Elle promenait partout un carnet sur lequel elle aimait jeter des mots, parfois des vers. Elle avait aussi commencé un roman mais depuis plusieurs semaines, toutes les pages qu'elle écrivait finissaient à la corbeille. Et voilà qu'un hasard espiègle lui demandait dans le même temps de faire écrire les autres !

Quelles idées trouver pour animer cet atelier d'écriture… municipal ? Il lui fallait s'adapter au public concerné qu'elle méconnaissait complètement. Elle en avait parlé à une collègue de la mairie qui l'avait regardée avec compassion, ce qui était loin de la rassurer.

L'atelier se passerait dans une ancienne fabrique de friandises. Elle avait demandé la clé pour visiter les lieux avant le jour J.

« J » comme « J'hésite », « J'y renonce », « J'y vais ? ».

Alice était perplexe. Elle se promit de mettre cette contrariété entre parenthèses. Ce soir, elle allait retrouver un homme qui la sortirait momentanément de la solitude où elle s'était retranchée. Il avait dix ans de plus qu'elle et une façon de la regarder qui lui donnait le sentiment d'être une femme pleine de mystère.

de situation était imminent. C'était sûr, il allait bientôt hériter d'un voilier et s'embarquer pour un tour du monde, rencontrer la femme de sa vie, sauver un milliardaire qui lui serait éternellement reconnaissant.

— La balance, rappelait-il, trente ans de vie de chien, ça donne droit à trente ans de vie de roi ! La deuxième mi-temps va bientôt commencer ! Comme on dit chez moi : « Evé pasyans ou ka vwé lonbrik à pis », autrement dit : « Avec de la patience on voit le nombril d'une puce ! »

Et il sourit, illuminant sa belle gueule de rasta, le seul cadeau que l'existence lui ait fait pour le moment.

C'est en vertu de cette foi inébranlable en la justice de la vie qu'il avait embarqué, passager clandestin d'un cargo, au milieu des caisses de bananes dont il était dégoûté à tout jamais. Seule satisfaction : parti de Fort-de-France, il était arrivé sans encombre au Havre, et avait même aidé à descendre deux ou trois caisses avant qu'on ne le débarque en même temps que la quatrième mais avec moins de ménagement… C'est peut-être de là qu'il tenait cette certitude : il était nécessaire de toujours modérer ses efforts, de ne pas en faire plus qu'il ne fallait ! Chaque matin, il estimait donc ses besoins et ajustait ses revenus en conséquence. À quoi bon gagner vingt euros si on n'en a besoin que de quinze ? Cinq euros pour manger, cinq autres pour quelques bières et quatre ou cinq à offrir au dieu Zazar, comme il le surnommait familièrement, en jouant au loto par exemple.

Et pour gagner ces quinze euros, Moïse n'était jamais à court d'idées.

Aujourd'hui, Zazar lui avait fait un clin d'œil : c'est justement sur lui qu'était tombée une balance. Disons qu'elle était tombée au fond d'une poubelle et c'est là que Moïse avait eu l'idée de la récupérer. Le pèse-personne avait l'avantage d'afficher un poids assez fantaisiste mais généralement en dessous de la réalité. Moïse alla donc sur le marché. Il se trouva une petite place à côté du marchand de légumes. Il récupéra un cageot sur lequel il écrivit : « Avec moi, faites le poids ». Pour un euro, il offrait les services de sa balance. Mais après que son voisin lui eut dit qu'à la pharmacie, on pouvait aussi se peser pour un euro et même savoir son indice de masse musculaire, Moïse se ravisa. Il raya un euro pour mettre cinquante centimes. Quant aux commentaires sur la graisse et les muscles, il se chargeait de les faire ! Dès qu'il voyait un potentiel client s'approcher, il l'interpellait, allant jusqu'à parier sur son poids. Quelques personnes amusées se laissèrent convaincre. Une dame s'approcha, jetant un œil derrière elle, comme si elle allait commettre un acte indécent. C'est ce moment que choisit le pèse-personne pour faire un caprice : il se bloqua à cent kilos ! La dame, furieuse, accusa Moïse d'escroquerie. Il jura sur sainte Obèse que sa balance donnait le poids exact et…

— Si ce n'est pas le poids d'aujourd'hui, c'est celui à venir !

Il monta à son tour sur la balance, clama un :

— Alors ? Qu'est-ce que je vous avais dit ? sans annoncer les quarante kilos affichés.

Puis, offusqué, il serra le pèse-personne contre sa poitrine, et finit par le redéposer un peu plus loin dans une autre poubelle.

Oubliant aussitôt la consternation de sa cliente, il remonta la rue en sifflotant une chanson de Bob Marley et se rendit à son « restaurant astronomique ».

C'était une cantine en plein air pour les ouvriers qui travaillaient sur le chantier de la nouvelle gendarmerie. Un maraîcher dénommé « Père Louis » avait vendu sa terre pour ce projet. Moïse se rappelait ce champ dans lequel, la nuit tombée, il venait s'approvisionner en carottes et en choux. Il en faisait sa célèbre « soupe du Père Moïse » qu'il revendait pour un euro. C'était venu aux oreilles du Père Louis lui-même qui l'avait attendu plusieurs soirs avec un solide bâton. En vain. Moïse était au fond de son lit, tordant son ventre ballonné par toutes les soupes au chou invendues. Père Louis s'était lassé. *S'il avait vendu sa terre*, pensait Moïse, *c'était par vengeance, pour y mettre exprès tout le peloton de gendarmerie*. Pas rancunier, Moïse avait décidé chaque jour ou presque de venir encourager les ouvriers en leur racontant des blagues ou en tapant sur son djembé. En échange de partager leur repas… Certains jours, ils avaient droit à une leçon de créole. Aujourd'hui, il leur dit :

— Si bef pa té konnèt lajè dèyè'y, i pé té ké valé grenn zabriko.

Patient, il attendit que chacun y aille de sa traduction avant de leur déclarer, sur le ton pontifiant d'un professeur, lui qui aurait aimé être élève plus longtemps :

— « Si le bœuf ne connaissait pas la largeur de son derrière, il n'avalerait pas des noyaux d'abricot ! »

Devant leur perplexité, il ajouta :

— Ça veut dire : vivez selon vos moyens !

Quand il avait vu qu'ils tendaient de plus en plus l'oreille à ses proverbes et aux histoires qui allaient avec, il avait essayé d'en tirer un petit pourboire. Les ouvriers l'avaient écouté et avaient beaucoup ri et plus encore quand il leur avait demandé de l'argent. Moïse ne s'était pas découragé pour autant et il avait redoublé d'efforts pour apporter un lot d'histoires drôles et de proverbes qu'il inventait le plus souvent. Il disait de lui-même : « Bouch-li pa ni-dimanch », « Ma bouche n'a pas de jour de repos » !

Un jour, sur un terrain vague, il était tombé sur un sac de postier rempli de courrier et sans doute abandonné par un employé démotivé. Il l'avait ramassé et chaque midi, au moment de la pause, il prenait une lettre qu'il lisait à la cantonade, après l'avoir remaniée sans aucun scrupule. Ainsi, de lettres d'amour en cartes postales, de lettres de réclamation en lettres d'excuses, les ouvriers construisaient la gendarmerie. Chaque lettre donnait lieu à des commentaires comme s'il s'agissait de la dernière série de téléréalité.

Mais le sac se vidait peu à peu. Heureusement, Moïse trouva au Bar des Héros la gazette municipale qui, à défaut de lui proposer un travail, parlait d'un atelier d'écriture gratuit. Si on pouvait lui donner un coup de main pour garnir sa besace, il n'était pas contre. La cantine était bonne et il n'avait pas envie de perdre cette occasion de se farcir la panse à bon compte. Son optimisme lui laissait penser qu'il trouverait, par la même occasion, de l'aide pour remplir les papiers qu'on lui demandait et ainsi obtenir un logement.

— Eh ! Achille ! tu n'as pas besoin d'un barman, par hasard ? Tu sais que je bosse pour la gendarmerie mais que je dors dans un squat ? C'est ça, la vie de poème.

— Je me débrouille bien tout seul ! Avec toi, les clients écouteraient tes histoires et oublieraient de boire, répondit Achille en riant.

6

Alice au pays des merveilles

Première séance d'atelier d'écriture et en retard !

Ses longs cheveux auburn entortillés dans un foulard turquoise, Alice marchait d'un pas rapide, pestant contre le maire qui l'avait retardée. Elle arriva à la fabrique désaffectée et trouva trois personnes qui l'attendaient déjà devant la porte. Alice leur adressa un bonjour timide, chercha la clé au fond de son sac, s'excusa de ne pas la trouver, finit par douter de l'avoir emportée, remua à nouveau tout le sac et en fit tomber maladroitement le contenu dans l'escalier. Personne ne fit de commentaire. Un homme l'aida à tout ramasser. Elle le remercia avec un sourire gêné et mit enfin la clé dans la serrure. La porte résista, Alice poussa d'un coup d'épaule et, de nouveau, la porte céda brutalement, l'envoyant valser à l'intérieur. Le rouge aux joues, elle fit entrer les trois participants qui la regardaient avec une curiosité amusée. Elle les invita à s'asseoir, le temps de faire connaissance. Comme personne ne bougeait, elle montra l'exemple et disparut au fond d'un fauteuil dont les ressorts étaient depuis longtemps cassés. Elle se releva aussitôt et les invita plutôt à se diriger vers la petite salle d'écriture. En bafouillant, elle leur présenta la grande table qu'elle trouva décidément d'un orange beaucoup trop violent pour être un vide-cœur.

Les chaises d'un beige sale, couvertes d'inscriptions, étaient peu accueillantes mais personne ne sembla le remarquer.

Ils n'avaient d'yeux que pour elle et elle se sentit gênée.

Elle proposa un tour de table pour les présentations : elle commença en disant :

— Le maire m'a demandé… enfin, plutôt, j'ai envie de… bref, voilà… chaque lundi, nous allons…

Mais elle s'embrouilla et ne put rien dire de plus. Elle se sentit ridicule et prit sur elle pour ne pas sortir en courant. Les participants n'en furent pas troublés et chacun se présenta : Marilyn, Moïse, Romeo… Leurs prénoms célèbres étonnèrent Alice, qui se demanda un instant s'ils s'étaient concertés. Elle eut envie d'ajouter : « Et *Alice au pays des merveilles* ! »

Elle les regarda à la dérobée, essayant de leur attribuer une vie, un destin. Une blonde ardente, un grand Black avec des dreadlocks et un petit homme en blouse blanche que tout avait l'air d'étonner. Pour cette première séance, ils n'étaient donc que trois participants, pas de quoi alimenter la gloire de « M. le Maire », mais c'était un début. Et pour ce début, Alice avait trouvé trop abrupt de laisser chacun devant une page blanche. Elle avait donc apporté plusieurs exemplaires de la gazette municipale et des ciseaux. La consigne était simple : découper des mots, des bouts de phrases, des lettres et les disposer sur une grande feuille vierge placée au milieu de la table, pour parler de soi.

Alice annonça qu'elle jouerait elle-même le jeu, croyant à la fois expliquer et convaincre. Mais elle fut surprise de voir que personne ne l'avait attendue pour feuilleter les pages. Avec un certain plaisir, elle observa le journal municipal qui se décomposait, comme se décomposerait le visage du maire s'il voyait ça ! La gazette n'en menait pas large devant les coups de ciseaux… Pas de coupe au carré ! Les mots ordonnés et sages, qui se limitaient à rendre compte des faits, étaient pris d'une fantaisie irrésistible. Ils se déshabillaient, séduits par la douce folie de l'atelier.

Moïse mit fin à un meeting en tranchant le *m*, découpa la bouche arrondie d'un chef de chorale pour trouver son *o* et prit dans une exposition de bonsaïs le *ï* de son prénom, Moïse, à ne pas confondre avec la mouise, précisa-t-il en riant ! Puis il déchira une page entière, en fit un bateau en papier et plaça son prénom dedans. Il expliqua que la barque, c'était sa vie, un petit coup de rame à gauche, un petit coup de rame à droite et tant bien que mal, il descendait la rivière et arriverait un jour au bord de la mer. Ce jour-là, il troquerait sa barque contre un grand voilier et c'est lui qui serait à la barre. Et il fredonna une chanson en créole : « Ti-kanno, ti-kanno, ban ti kanno pou pati à la nage. »

Marilyn tirait la langue à chaque lettre découpée. Elle prit un grand *A* qu'elle ramassa dans le mot Ambulance, un *u* dans le récit d'une inauguration et décima sans scrupule une équipe entière de footballeurs pour aller chercher un *t* dans leur victoire au championnat… puis elle écrivit laborieusement le mot

« Autobus ». Satisfaite, elle découpa la dernière page qui contenait une publicité pour le parfum Promesse. Elle plaça mystérieusement son mot au milieu, avant de déposer le tout sur la page blanche commune.

Quant à Romeo, il découpa tous les *H* et il était visiblement heureux de sa collection.

Puis tous les trois se tournèrent vers l'animatrice qui, bluffée, n'avait toujours rien proposé. Alice plongea dans le journal qu'elle avait péniblement contribué à réaliser. Elle se décida pour un *M* qui avait l'avantage de décapiter le maire. Elle y ajouta un *e* dont elle ne savait pas encore quoi faire puis opta finalement pour les trois lettres qui manquaient au mot « Merci ».

On était le 21 septembre, l'été était fini et l'atelier d'écriture d'Alice commençait.

7

Un parfum nommé Promesse

Marilyn fut surprise de constater qu'elle avait raté le bus qui l'amenait à l'atelier. Elle avait traîné trop longtemps chez elle. C'était peut-être le signe qu'elle ne devait plus y aller. Elle en était troublée. Elle se remémora la première séance. Ce lieu bizarre avec ces fauteuils qui avaient l'air de vous attendre pour vous étouffer entre leurs bras, ces gens nouveaux dans son paysage et surtout l'animatrice, tout ça la perturbait. Les tout premiers instants, elle s'était même demandé ce qu'elle faisait là. Le grand Noir avait fait un bateau : ce n'était pas un atelier de bricolage, tout de même ! Et l'autre, là, qui avait juste écrit « H ». D'où sortait-il ?

Quelle bande de nazes !

Elle se dit que ce n'était pas utile de continuer, mais quelque chose la retint : le parfum d'Alice peut-être. Le parfum Promesse ! C'était un signe ! Cette femme donnait l'impression de venir d'un monde parfait où tout était beau et facile. Un monde inaccessible. Et si cet atelier ouvrait une porte…

À moins que ce ne soit le fait d'être écoutée. Ça ne lui était pas souvent arrivé dans le coron où elle avait grandi. Au milieu d'une flopée de gosses, à côté d'une mère épuisée, il valait mieux se taire pour ne pas s'en prendre une sur la tête.

Écrire en découpant dans un journal, ça n'avait pas été trop difficile, mais elle avait hésité quand Alice avait demandé à chacun ce qu'il attendait de cet atelier d'écriture.

Elle était sûre qu'on allait lui rire au nez si elle parlait de sa recherche du Grand Amour. Une fille comme elle ! Juste bonne à se faire faire des mioches et à trimer toute sa vie pour les élever à côté d'un mec qui rentrerait saoul tous les soirs.

Comme sa mère, quoi.

Mais la fatalité, Marilyn refusait d'y croire. C'était décidé : elle allait continuer l'atelier.

8

Le gâteau aux châtaignes de Mamilou

Il y avait des jours comme ça.

Aujourd'hui, Alice avait cassé son talon, coincé du papier dans le photocopieur, égaré son portable et raté la photo du maire à l'inauguration de la maison de retraite (on aurait pu croire qu'il faisait partie des pensionnaires). Heureusement, c'était aussi le jour du « courrier rose » : depuis qu'Alice avait quitté Meyrueis, son village natal, pour ses études et ensuite pour son travail, elle recevait chaque mois, parfois plus souvent, une lettre de sa grand-mère.

Il n'y avait qu'elle pour écrire sur une enveloppe rose : « Mademoiselle Alice… », en toutes lettres, avec cette écriture ronde et ces majuscules appliquées. Depuis qu'Alice était toute petite, elle avait toujours vu sa grand-mère écrire ainsi tout son courrier. *Même celui pour le Trésor public*, pensa-t-elle, amusée. Sa grand-mère parlait du téléphone comme « d'un fil à la patte », même si ça faisait bien longtemps qu'il n'avait plus de fil et elle avait adopté le mot courriel parce qu'il avait des « ailes », mais il ne désignait rien d'autre pour elle qu'un courrier urgent à remettre en mains propres au facteur.

Dans ses lettres à Alice, il n'y avait parfois que deux mots que sa grand-mère avait choisis parce qu'elle trouvait joli de les associer, comme fête et pâquerette et elle en faisait un poème. Parfois, c'était l'annonce d'un événement heureux dans le village, comme la foire de la Saint-Michel ou la naissance d'un poulain. Souvent aussi, elle y ajoutait une énigme ou une charade, souvenir d'une complicité joyeuse entre elles deux. Quel que soit le sujet, toutes les lettres se terminaient par : « *Prends soin de toi.* »

Alice n'était âgée que de six ans quand on lui avait dit pudiquement que sa mère était partie. Un virage, une bétaillère remplie de moutons et le grand saut dans les gorges de la Jonte. Ces images hantèrent Alice qui avait longtemps hésité à passer son permis de conduire. Elle trouva du réconfort entre les bras de sa grand-mère Lucie qui avait su ravaler son propre chagrin pour accueillir sa petite-fille et lui donner des bonheurs d'enfance. Lucie – Loucie, comme disait Alice – était l'institutrice de l'école du hameau des Gatuzières. Comme il n'existait qu'une seule classe, elle en était aussi la directrice. Tout naturellement, Alice avait suivi la classe de sa grand-mère, passant du CP au CM2 sans même s'en rendre compte. Le moment qu'Alice préférait était la fin d'après-midi, quand tous les élèves étaient partis. Sa grand-mère restait à son bureau pour corriger les cahiers tandis qu'Alice avait le tableau noir pour elle toute seule. Elle y écrivait quelques mots maladroits mais pleins de tendresse. C'est sans doute là qu'elle prit plaisir à écrire, juste pour lire la surprise et le bonheur dans les yeux de celle qu'elle appelait sa Mamilou.

Maintenant, c'était le plus souvent la vieille dame qui écrivait à Alice, une façon de ramener sa petite-fille dans ses Cévennes natales. La jeune femme était sensible à ces attentions, même si elle négligeait parfois de répondre. Sa grand-mère ne le lui reprochait jamais.

Alice se prépara un thé avant de décacheter l'enveloppe. La lettre faisait une page entière et parlait avec des mots gourmands du gâteau aux châtaignes. De cette façon, encore une fois, sa grand-mère lui transmettait la recette des petits bonheurs, simples mais essentiels. Son héritage en quelque sorte, distillé mot après mot. Mamilou ne disait rien sur sa santé, pour ne pas ternir ces moments de douceur. Alice rangea soigneusement la lettre dans un tiroir qui en était déjà presque plein. Cette fois, elle décida de répondre aussitôt.

Mamilou,

Merci pour ta recette mais je me contenterai de la crème aux marrons du supermarché. De toute façon, le gâteau aux châtaignes ne serait pas aussi bon que le tien.

Je suis pressée de te raconter ce qui m'arrive.

Je t'ai déjà parlé du maire, M. de Bézil, et de son arrogance. Je ne supporte plus ses mains moites quand il me salue le matin et ses yeux de rapace qui se promènent sans aucune gêne sur mes seins. Il a une façon méprisante de regarder les femmes comme s'il les tolérait à condition qu'elles soient ou ses maîtresses ou ses domestiques. Et souvent les deux à la fois.

J'ai la chance qu'il connaisse mon père et c'est ce qui le retient de me faire des propositions. D'autres employées n'ont pas cette chance-là. Peut-être pour se débarrasser de moi, il a décidé de me donner une mission improbable. Figure-toi qu'il m'a demandé d'animer un atelier d'écriture qui se déroule au fond d'une vieille usine, un endroit complètement à l'écart et plein de fantômes.

Et ce n'est pas tout ! Toutes les personnes qui viennent à cet atelier sont des marginaux.

En fait, il peut arriver n'importe qui.

Pour l'instant, heureusement, ils ne sont que trois participants. Il y en a un qui porte une blouse blanche. Je me demande s'il ne l'a pas volée dans un hôpital psychiatrique. Il ne comprend rien à ce que je dis et surveille la pendule comme si sa vie en dépendait.

Il y a aussi un rasta. Il vient des Antilles, plus précisément de la Martinique. Il porte un bonnet qui enferme ses dreadlocks. Il me regarde toujours avec un grand sourire, comme s'il avait une idée derrière la tête. Mais des idées, que ce soit derrière ou devant, je crois bien qu'il n'en a pas. À la première séance, il m'a confectionné un bateau en papier !

Et puis il y a une blonde qui passe son temps à me parler d'autobus comme si elle avait toujours peur d'en rater un. Elle s'appelle Marilyn. C'est en fait une caricature de l'actrice. Avec son maquillage outrancier, on croirait une mauvaise copie des sérigraphies d'Andy Warhol.

Est-ce que je serai assez forte pour supporter leurs attentes et leurs lubies ? Je ne sais même pas ce qui les amène à cet atelier et encore moins ce que je peux leur apporter.

Le maire espère sans doute qu'avec ma thèse, je vais leur apprendre les mots politiquement corrects et qu'ils seront prêts à être des citoyens modèles qui voteront pour lui.

J'ai l'impression d'être en mission sur une autre planète !

Il faut d'abord que je décode le langage et que j'arrive à trouver les mots qui ouvrent les portes.

Je ne sais pas si je dois continuer...

C'est le mot « écrire » qui m'a ensorcelée : tu sais bien que c'est un mot magique pour moi.

Et bien sûr, j'en arrive à te parler de mon roman. Il émerge doucement mais tu sais comme je suis exigeante.

Je veux que mes mots tremblent, qu'ils pleurent, qu'ils crient, qu'ils fassent voyager, rire, rêver et qu'ils soient surtout éblouis d'amour.

Je veux de l'impertinence, de la chaleur, de l'indignation. Je veux écouter battre le cœur du monde.

Je rêve de voyages qui suivent la course du soleil.

Je rêve de bateaux en partance pour des mondes oubliés. Je rêve de sauts périlleux au-dessus de mes abîmes.

C'est ambitieux, je sais !

J'ai besoin aussi de me nourrir de couleurs et d'odeurs. Pour le moment, mes personnages ne vivent pas encore.

Alors, je marche sur les lignes de mon petit carnet comme une funambule et je regarde un point à l'horizon.

Un jour, je l'atteindrai et tu seras fière de moi. J'embrasse ta main qui me guide encore.

Ton Alice.

9

Quelque chose qui vous fait du bien

Alice avait bouclé la gazette, il ne restait qu'à l'imprimer. Au dernier moment, le maire avait exigé qu'elle parle du congrès auquel il venait d'assister : elle avait donc rempli à la hâte une colonne où elle avait dû montrer un M. de Bézil qui œuvrait pour l'avenir radieux de la ville, ajoutant à son emploi du temps, déjà très chargé, une conférence sur les risques naturels.

Alice savait par ailleurs qu'il avait accordé des permis de construire sur des zones inondables. M. le Maire n'était pas à une contradiction près… Dès qu'elle le put, la jeune femme fila à la fabrique de friandises. Elle allait se confronter à la deuxième séance d'écriture. Quand elle arriva, Marilyn et Moïse bavardaient devant la porte, s'échangeant, semblait-il, quelques bonnes adresses. Ils s'arrêtèrent de parler à son arrivée, ce qui rendit Alice méfiante.

Romeo, quant à lui, triturait vigoureusement sa sacoche et paraissait toujours aussi bizarre. Alice les salua, affichant un sourire un peu crispé, et les invita à entrer. Elle fut à la fois déçue et rassurée qu'il n'y ait pas de nouveaux participants. Ils s'installèrent de part et d'autre d'elle et attendirent ses consignes. Alice les trouva nerveux. Peut-être aurait-elle dû trouver quelques mots pour mettre à l'aise tout le monde mais elle-même ne l'était pas du tout et rien ne lui vint à l'esprit. Bien au contraire, son imagination fertile lui jouait des tours et dans son petit film personnel, elle vit Romeo piquer une crise et Moïse et Marilyn profiter des circonstances pour lui voler son sac et s'enfuir en courant. Aussitôt, le rouge lui monta aux joues comme si le groupe avait pu deviner ses pensées.

Tout le monde l'interrogeait du regard et elle s'empressa d'expliquer le principe d'un atelier d'écriture. Un temps limité, un sujet imposé font émerger les mots plus facilement qu'une liberté totale qui, souvent, paralyse. Alice ajouta qu'elle serait là pour accueillir sans jugement ce qui adviendrait et faciliter des échanges bienveillants.

— Il n'y a ni note ni hiérarchie. Ce n'est pas un travail scolaire, s'empressa de rajouter Alice. Je suis là pour vous permettre de visiter votre propre univers et de trouver du plaisir à écrire. Quand le temps imparti sera écoulé, chacun sera invité à lire son texte aux autres mais il n'y a aucune obligation. Et dans tous les cas, il ne s'agit pas de juger ce qui a été écrit. Je m'y engage.

Et la jeune femme lança le sujet de la semaine. Cette fois, ce serait : « Écrivez à propos de quelque chose qui vous fait du bien ». Elle attendit avec anxiété leur réaction à sa proposition, mais Moïse demanda avec enthousiasme de combien de temps ils disposaient pour rédiger leur texte. Elle leur accorda quinze minutes.

Avant qu'ils ne commencent à écrire, Alice dut refaire les présentations parce que Romeo avait oublié qui étaient ces personnes autour de la table et peut-être ce que lui-même était venu faire là. Elle réexpliqua pour lui seul le sujet qu'il n'avait pas bien saisi et devant la panique qu'elle lisait dans ses yeux, finit par le simplifier : « Des mots qui font du bien ». Alors seulement, il démarra sans plus se soucier de quoi que ce soit. Il termina assez vite et plia sa feuille si bien qu'Alice ne put voir ce qu'il avait écrit. Elle fut surprise de constater qu'il attendait tranquillement que les autres aient fini.

Quant à Moïse, il ponctuait ses phrases par des coups d'œil vers l'animatrice.

Marilyn suçait son crayon pour trouver l'inspiration puis se lança d'un coup, comme si elle avait réglé ses comptes avec la page blanche.

Pour éviter de les observer avec trop d'insistance, Alice s'obligea à écrire elle aussi. Elle eut du mal à se concentrer. Elle se dit qu'elle aurait dû tricher et préparer un texte qu'elle aurait sorti discrètement de son sac et qui les aurait bluffés. Elle commença par écrire sur le bonheur d'un bon bain chaud puis elle se ravisa et crayonna nerveusement son texte. Au cas où Moïse y verrait une invitation à l'imaginer toute nue. Elle pensa parler d'un bon livre pris dans sa bibliothèque, les poèmes d'Apollinaire par exemple, mais si Romeo s'avisait de lui demander qui était celui-là, elle n'en sortirait pas indemne ! Elle voyait le temps avancer et se rendit compte qu'elle se ridiculiserait si elle séchait lamentablement. Quelle idiote : avoir donné un sujet comme ça : « Écrivez à propos de quelque chose qui vous fait du bien. » De quoi est-ce qu'on peut parler avec un sujet pareil !

Pourvu que Marilyn ne raconte pas un moment torride sur l'oreiller ! Mal à l'aise, Alice finit par écrire un texte insipide sur sa télé et le bonheur de regarder un film dans un bon fauteuil.

Le temps de l'écriture était écoulé. Arrivait celui du partage.

Alice se lança la première comme on se jette à l'eau, sauf qu'elle n'était plus sûre de savoir nager.

L'arrivée impromptue d'une quatrième participante la sauva. Coiffée d'une casquette et habillée d'une salopette bleue qui effaçait toute féminité, Camille s'excusa de son retard et se saisit bruyamment d'une chaise. Alice ne sut pas comment gérer cette interruption. Moïse vola à son secours et souhaita la bienvenue à Camille avant de lui donner le sujet du jour : « Ce qui vous fait du bien ».

Camille déclara avec bonne humeur :

— Ce qui me fait du bien, c'est de vous avoir trouvés : ça fait bien une demi-heure que je tourne dans le quartier !

Alice lui répondit que c'était malheureusement trop tard pour écrire mais qu'elle pouvait en revanche écouter les textes des uns et des autres.

Moïse prit la parole : pour lui, ce qui lui faisait du bien, c'était de dormir dans un lit, de manger à sa faim et… d'avoir une table orange à partager.

Marilyn lut en butant sur les mots : son texte parlait d'un autobus qui faisait le tour de la terre.

Romeo avait écrit « A lisse » et l'avait réécrit autant de fois que l'espace de la feuille le permettait.

10

Cherche demeure du 18^{e}

Moïse était heureux. Depuis qu'il avait commencé l'atelier d'écriture, il vivait deux vies : celle qu'il s'inventait et celle qui se présentait à lui, les deux se mélangeant joyeusement.

La semaine dernière, il s'était décrit capitaine d'un paquebot, arrivant dans la salle de bal en uniforme blanc, choisissant la plus jolie femme pour danser… Il n'était plus le pauvre gamin de dix-sept ans, terrorisé au fond d'un cargo, et qui fuyait un père brutal. Et cette nouvelle vie, conquise à coups de mots, lui donnait de la fierté. Il y trouvait un autre avantage. L'histoire écrite le lundi devenait le mercredi une lettre adressée à une mère restée en Martinique et les ouvriers du chantier étaient ravis de suivre les épisodes de ce vaillant et chanceux Antillais. Il semblait d'ailleurs à Moïse qu'ils mettaient plus de cœur à l'ouvrage et que le chantier avançait plus vite.

Trop vite, parce qu'il lui faudrait bientôt trouver une autre cantine. Aujourd'hui, il leur avait raconté une histoire abominablement triste et les ouvriers avaient soupiré puis repris leur travail, pensifs. Alors, il avait éclaté d'un rire sonore : « Vous ne croyez tout de même pas tout ce que je dis ? »

Vexés qu'il ait démasqué leur émotion, ils avaient traité Moïse de « prophète de mes deux ».

Il souriait en pensant à tout ça quand il trouva, en rentrant dans son squat, un avis d'expulsion punaisé sur la porte. *Il va falloir que je change encore de château.* Avec humour, il s'imagina mettre une annonce : « Cherche demeure authentique du 18e, sans électricité ni chauffage ».

Il envisageait avec fatalisme ce nouvel épisode de sa vie. Il se rappela tout de même de demander à Alice comment remplir les papiers pour une demande de logement et de RSA.

Alice ! Rien qu'en pensant à elle, il se sentait ragaillardi. Au premier regard, elle était devenue son rayon de soleil. Dans son atelier, il aimait se dire qu'il caressait la feuille avec sa plume comme il lui caresserait la joue. Parfois, il se demandait qui était son confident à elle, qui l'aidait à porter ses sacs de soucis. Il l'avait aperçue un jour avec un type plus âgé qu'elle. Mais Alice ne laissait jamais rien échapper sur sa vie privée. *Privée de quoi ?* pensa-t-il.

11

Le b.a.-ba

Marilyn venait de trouver du travail, enfin presque. C'était un stage proposé par Pôle Emploi, une « formation de la deuxième chance ». Quand elle avait demandé à quel moment elle avait eu la première, l'hôtesse au guichet avait haussé un sourcil exaspéré.

Marilyn avait bien tenté de dire qu'elle rêvait de faire de la cuisine. On lui avait répondu qu'elle allait faire de la coiffure. Elle devait se présenter dans un salon de son quartier.

Malgré tout, elle avait décidé de mettre toutes les chances de son côté, la première comme la deuxième : elle voulait donc être remarquable. Pour cela, elle avait emprunté à son voisin de palier une perruque rousse. Il ne la mettait que le soir : il accepta de la lui prêter. Le résultat avait impressionné le patron, elle en était sûre. Plus que le papier rédigé par Pôle Emploi qui proposait aux employeurs des personnes à « réinsérer ». Ce mot inquiétait Marilyn : elle avait l'impression qu'elle allait devoir s'introduire dans un espace étroit où elle resterait coincée. Ce qui n'était pas complètement faux. Elle visualisa un distributeur dans lequel on insérait une pièce et elle pensa à ses formes généreuses. Ils allaient tout de même avoir du mal à l'insérer, et encore plus à la réinsérer ! Malgré ça, Marilyn fit preuve de bonne volonté et même d'enthousiasme. Elle allait être shampouineuse ! Ça l'embêtait de ne faire qu'une seule station de bus mais bon… Elle se rattraperait le dimanche. Le lundi, elle pourrait même continuer l'atelier d'écriture.

Pour son premier jour de travail – depuis bien longtemps –, Marilyn était en avance. Le salon était encore fermé. Quand son patron arriva, elle ne manqua pas de lui jeter un regard désapprobateur. Ce n'était pas parce qu'il était patron qu'il devait se permettre d'arriver au dernier moment, tout de même ! Il la fit entrer, non sans marquer sa surprise devant ses cheveux blonds. Eh ben quoi, elle ne pouvait pas emprunter la perruque tous les jours ! Il lui rappela le b.a.-ba du métier : bien couvrir les épaules de la cliente avec une serviette propre, demander si l'eau était à bonne température, appliquer deux fois le shampooing, masser le cuir chevelu – les clientes adoraient ça –, leur proposer systématiquement une crème pour cheveux secs, puis il regarda Marilyn et ajouta :

— Et surtout ne pas parler.

Marilyn approuva, même si elle n'avait pas écouté tout ce qu'il disait : la ridicule petite queue-de-cheval de son patron la perturbait. Il aurait eu sûrement plus de succès auprès de ses clientes avec un béret ou une casquette ! Mais elle repensa à un proverbe : si les cordonniers étaient les plus mal chaussés, les coiffeurs étaient forcément les plus mal coiffés. Quand la première cliente arriva, Marilyn la prit en charge avec ce qu'elle imagina être l'énergie de la deuxième chance.

Elle lui enfila le peignoir, la fit asseoir au bac de shampooing qu'elle lui désignait, enfonça sans ménagement la serviette dans le col de son chemisier, lui retira les lunettes et surtout, ne dit pas un mot. Tout ça en une minute chrono. Elle jeta un œil satisfait vers son employeur qui regarda la cliente avec un sourire gêné. Elle fit couler l'eau dont elle testa maladroitement la température directement sur le crâne de sa cliente qui poussait des « oh » et des « ah », et cherchait à lui échapper mais Marilyn réprima avec autorité toute tentative de résistance. Elle appliqua énergiquement le shampooing, en chantonnant pour garder le rythme. On lui avait interdit de parler, mais pas de chanter, tout de même ! Puis elle arriva au massage. La détente lui fit de l'effet. Ses gestes ralentis, elle oublia la consigne du coiffeur et se laissa aller à poser des questions à sa cliente : où elle habitait, si elle était mariée, si elle avait des enfants, si elle était heureuse… elle ne s'attendait pas à ce que la cliente lui réponde, en fait, ça lui était égal, elle avait déjà dans sa tête une vie idéale à lui prêter.

Elle aurait pu lui inventer une biographie entière si la cliente n'avait pas trouvé le temps long. Vexée, Marilyn procéda au rinçage avec une eau à bonne température, ce qu'elle ne manqua pas de faire remarquer à sa cliente comme s'il s'agissait là d'un privilège. Puis elle la laissa presque à regret aux mains du coiffeur.

Avec la deuxième cliente, Marilyn prit encore plus confiance en elle et, tout de suite, lui fit remarquer que ses cheveux blancs et sa coupe ne lui allaient pas du tout et, après avoir adressé un clin d'œil à son patron, ajouta que le coiffeur allait lui arranger le portrait.

Quand son patron passa d'un coup sec son index sur sa bouche pour lui intimer l'ordre de se taire, elle ne poussa plus que quelques petits grognements ou quelques longs soupirs qui en disaient long sur ses sentiments.

Une seule cliente osa se plaindre parce que la serviette avait laissé passer de l'eau. Marilyn se justifia : la serviette était trop petite et la dame trop grosse. Ce n'était pas sa faute, tout de même. À la fin de la journée, elle balaya le salon, assez satisfaite d'elle-même. Son patron lui fit remarquer qu'elle lui avait fait perdre de l'argent : elle n'avait proposé aucun soin ! Marilyn se défendit en disant qu'elle ne pouvait tout de même pas proposer des soins pour cheveux secs alors qu'elle était en train de les mouiller, qu'elle était une fille honnête et qu'il ne fallait pas compter sur elle pour arnaquer les clientes. Le patron poussa un soupir. Il vérifia le contrat de Pôle Emploi. La formation devait durer six mois. Il soupira de plus belle.

Marilyn prit le chemin du retour, radieuse, persuadée d'être promise à un grand avenir de coiffeuse. Elle chercha un nom pour son futur salon : elle ne trouva que « Aux beaux cheveux ». Tout le long du chemin, elle s'amusa à le prononcer avec un cheveu sur la langue, ce qui la mit de très bonne humeur.

12

Les cabossés

Déjà plus d'un mois que l'atelier d'écriture fonctionnait. Alice avait apprivoisé ce lieu où elle retrouvait « ses cabossés », comme elle les appelait affectueusement. L'usine de friandises était redevenue un espace où on fabriquait des douceurs. « *On y savoure des mots tantôt doux et sucrés comme des berlingots, tantôt fondants comme des caramels, tantôt amers comme le cacao*, écrivait-elle à sa grand-mère. *Si seulement c'était aussi facile de donner une seconde vie aux humains comme on la donne aux usines...* »

Chaque semaine, Alice se creusait la tête pour trouver un sujet d'écriture différent : elle avait mis un point d'honneur à ne jamais proposer la même consigne. Ensuite, elle passait l'heure et demie que durait l'atelier à encourager chacun jusqu'à ce que les pages délivrent blessures ou espoirs, en quelques mots timides ou rageurs. Souvent, elle écrivait elle-même quelques lignes.

Moïse, Marilyn et Romeo étaient les seuls à ne pas rater le rendez-vous hebdomadaire. Les autres étaient de passage, l'atelier d'écriture était une gare où on venait pour laisser à la consigne un bagage trop lourd avant de poursuivre le voyage vers d'autres destinations. Après leur départ, ils ne laissaient d'autre trace que quelques mots qu'ils abandonnaient le plus souvent à Alice, pour partir légers.

Au début, elle supportait mal leurs attentes démesurées vis-à-vis d'elle, plus que leurs tics et leur saleté parfois. Tous avaient eu un parcours que pudiquement on disait difficile. Venir à ce rendez-vous, écrire ensemble, écouter sans les interrompre les mots des autres, demandait à chacun du courage et du respect. Aujourd'hui, consciente de ce que cet atelier représentait, Alice voulait à tout prix le maintenir, même si le maire était de moins en moins convaincu de l'intérêt électoral de la chose. La jeune femme lui mentait sur la fréquentation, gonflant jusqu'à vingt le nombre de participants, persuadée que jamais il n'y mettrait les pieds pour vérifier. Même si elle-même y laissait beaucoup de sa vitalité et de son énergie, une chose était sûre, les ateliers d'écriture lui apportaient davantage d'étonnement et de satisfaction que les réunions municipales où elle servait surtout de pot de fleurs. Et curieusement, au lieu d'épuiser sa créativité, l'atelier la nourrissait. Elle écrivait plus souvent. Son roman avançait. Certes, ce n'était encore qu'une ébauche. Mais quelque chose gonflait en elle… Son premier roman était là, tapi dans l'ombre d'elle-même et elle le guidait, en tâtonnant, vers la lumière.

Au fil des séances de l'atelier, elle avait vu défiler toutes sortes de personnes qu'elle n'aurait jamais rencontrées en d'autres circonstances. Il y avait eu Paule, toujours habillée de la même jupe plissée bleu marine et de chaussettes blanches, malgré sa bonne soixantaine d'années. Elle écrivait inlassablement des lettres de réclamation : en vrac, demandes de justice pour une ouvrière exploitée, demandes d'amour pour la voisine que son mari avait quittée, demande de succès aux examens, de guérison, de paix, de nourriture plus abondante… des kilomètres de doléances dont elle allongeait la liste sans cesse. Un jour, Paule avait annoncé qu'elle s'était inscrite pour un voyage au Vatican. Elle voyait le pape comme le secrétaire particulier de Dieu et pensait que lui seul saurait comment transmettre le courrier. Puis Paule avait disparu du paysage. Alice l'avait croisée quelque temps après. Elle avait juste dit qu'il était inutile d'écrire à quelqu'un qui ne répondait jamais.

Charlot apparaissait et disparaissait comme bon lui semblait. Avec petit chapeau et canne, comme il se doit. Charlot était son « nom de scène », disait-il. Sa scène était le trottoir à côté des Galeries Lafayette. Il ne venait pas seul, mais accompagné de son chien et de son accordéon, ses deux plus fidèles compagnons de galère. Il voulait nourrir son inspiration et en même temps son estomac. Il savait que Marilyn, qui n'avait pas renoncé à l'idée de devenir un grand chef étoilé, apportait souvent quelques gâteaux. Elle n'y touchait pas elle-même mais dégustait les compliments.

Une des chansons de Charlot parlait de la femme de ses rêves. Il la retrouvait tous les soirs au fond de sa bouteille… Alice avait aperçu un jour Charlot tandis qu'elle faisait ses courses. Il entonnait d'une voix éraillée un refrain couvert par le son de l'accordéon. Quand il avait vu Alice, il lui avait dédicacé la chanson. Elle s'était sentie malgré elle un peu gênée.

Puis finalement avait offert quelques pièces de monnaie. Il l'avait remerciée d'un salut magistral comme si cette maigre offrande le grandissait et rendait hommage à son art.

Quant à Madeleine, elle venait pour déposer un peu de sa solitude. La société de HLM lui avait attribué un studio. Elle regrettait la grotte, au pied de la montagne, où des SDF, comme elle, avaient trouvé refuge. « Il y faisait plus chaud », résumait-elle pudiquement. Alice ne la voyait pas souvent. Certaines semaines, l'association Médecins du Monde téléphonait pour excuser son absence. Madeleine avait noyé ses regrets dans l'alcool et n'était plus en état de faire le chemin jusqu'à l'atelier.

Raymond, lui, se faisait appeler « JJ » par ferveur pour Jean-Jacques Goldman, dont il connaissait tout le répertoire. Un seul encouragement du chanteur aurait suffi à rendre sa vie parfaite. JJ vivait au rythme des chansons de son idole : un pigeon se posait sur le rebord d'une fenêtre et il entonnait : « Elle met du vieux pain sur son balcon pour attirer les moineaux, les pigeons… » Quelqu'un passait-il le pas de la porte et il chantait : « Puisque tu pars… » Depuis qu'il avait osé venir à l'atelier d'écriture, il envoyait en secret ses textes à des producteurs.

Ce jour-là, Camille réapparut et de sa grosse voix, elle annonça :

— Excusez mon retard, la compagnie ! Putain, il m'a bien fait chier ce joint de culasse, juste au moment où j'avais toutes mes demoiselles dans le fourgon. C'est qu'elles ne peuvent pas attendre, ces coquettes ! Mais ça y est, je les ai livrées et me v'là. On écrit quoi ?

Alice resta un moment perplexe, son imagination l'emmenant malgré elle sur la piste d'un trafic auquel se livrerait Camille.

Quand celle-ci ajouta : « Tenez, je ne viens jamais seule » et qu'elle posa quelques fleurs sur la table, Alice, confuse, comprit que malgré ses gestes bourrus et son allure de déménageur, Camille était fleuriste et capable d'une grande délicatesse quand il s'agissait de celles qu'elle désignait par leur prénom. « Je vous présente Hortense, Rose et Marguerite… »

Alice donna le sujet de la semaine : « Les autres et moi ».

Camille ajouta toujours aussi fort :

— Pas de problème, moi, j'suis pas comme ces foutues bagnoles, je démarre au quart de tour.

Trente minutes après, elle livrait un poème en bonne et due forme.

— Vous pouvez regarder, c'est un vrai, y roule, il a tout ce qu'il faut, même des rimes !

Et Camille partagea ses écrits avec sa générosité habituelle :

Pas ton semblable, pas ton égal
Ni ton double ni ta moitié
Pas ton envers, pas ton revers
Ni ton ombre, ni ton reflet
Je suis ta différence
Je ne veux pas de tes combats
Pas jouer au petit soldat
Rien qui me fasse marcher au pas
Pas de tes codes, pas de tes lois
Je suis ta différence

Ni te posséder, ni te dominer
Ni te conquérir, ni te détruire
Je ne veux pas de tes pouvoirs
Je me moque de ta gloire
Je suis ta différence
Je ne pourrai pas être à toi
Si je ne suis d'abord à moi
Je ne suis pas celle que tu crois
Ne me prends pas mais apprends-moi.
Je suis ta différence.

Alice ne fut pas la seule à être émue. Ce jour-là, elle sentit que conjuguer leurs différences leur permettrait d'écrire ensemble une belle histoire.

13

Des mots-cerises

Alice laissa tomber une enveloppe dans la boîte aux lettres de sa rue.

Ma douce Mamilou,

Je te remercie pour ton cadeau.

C'est très impressionnant, un cahier vierge ! Toutes ces pages blanches, ça donne le vertige et c'est grisant en même temps !

Je te soupçonne de vouloir me convaincre que j'écrirais mieux sur ce cahier que sur mon ordinateur. C'est vrai que la couverture m'inspire déjà ! Cette femme un peu féerique qui sème des mots à tout vent est magnifique !

Et tu sais bien que j'aime le crayon à papier. Ce petit bout de bois têtu me rassure. C'est mon bâton de parole. Il me donne la protection des arbres qui savent grandir vers la lumière tout en gardant leurs racines. Quand j'étais petite, si je taillais mon crayon et que la dentelle de bois ne se cassait pas tout de suite, c'était un bon présage ! Tu t'en souviens ?

Alors je garderai ton cahier pour y jeter mes idées et y déposer quelques poèmes. Mais pour écrire mon roman, tu sais bien que je préfère mon ordinateur. Et n'oublie pas ma proposition de t'apprendre à te servir de cet objet magique !

Maintenant, je sais qu'il ne s'agit pas de trouver l'inspiration mais seulement de lui donner assez d'espace intérieur pour qu'elle puisse advenir. C'est l'écriture qui vient me chercher. Mais tu connais mon impatience ! Je sais ce que tu vas me dire : « Rien ne sert de tirer sur les fleurs pour les faire pousser plus vite. » Je vais donc essayer de me comporter en jardinière avisée.

J'ai essayé de t'appeler mais tu ne réponds pas. S'il te plaît, remets le téléphone en place pour que je puisse t'entendre. J'aime tes lettres mais ta voix me rassure.

Tu ne me dis rien de ta santé : est-ce que tu vas bien ? Tu ne me dis rien mais tu sais bien que je devine tout.

Je t'entends déjà : « À quoi ça sert de m'écrire une lettre si tu ne me poses que des questions et que tu ne me parles même pas de toi. »

Je vais bien. J'ai envie de te parler encore de l'atelier d'écriture. MON *atelier d'écriture. Eh bien, je vais te surprendre (non, tu me connais trop pour ça !), au fil des semaines, il est devenu mon refuge, mon repaire... Il ressemble au chemin qui va de ta maison au petit bois de Roquedols, notre petit bois où pousse le muguet au mois de mai. Tu te souviens quand je te racontais mes histoires de princesse et que tu faisais semblant d'y croire. L'herbe chatouillait nos pieds nus. On écoutait le vent et tu me disais : « Il chuchote des secrets aux arbres. » Un paradis juste à notre taille où tu me faisais des couronnes de chèvrefeuille et des poupées de coquelicots.*

Eh bien, l'atelier, c'est ça : un chemin de mots pour aller vers soi et ensuite vers les autres.

Parfois, on invente des histoires où on gagne tout le temps, où on guérit de tout, où on est tous des princes et des princesses.

Au début, je voulais être comme toi, celle qui tenait la main, qui nommait les arbres, qui fabriquait les couronnes de fleurs. Mais je me trompais. Ce sont eux, ceux que le maire appelle « les laissés-pour-compte », « les exclus », « les peut-peu », « les sans-dents », quels mots affreux, ce sont eux qui me prennent la main et ensemble on jette... l'encre !

Et c'est toujours pour découvrir des paysages différents. Parfois, on traverse des rivières à gué et le courant nous emporte avant d'atteindre l'autre berge, parfois on s'enfonce dans des grottes où sont tapis des souvenirs d'enfance prêts à nous sauter à la gorge et puis d'autres jours, on s'entraide pour atteindre le sommet d'une montagne et, de là-haut, on rit de voir que tout est si petit et sans importance...

Je ne leur apprends pas à écrire, c'est ensemble que l'on écrit, l'un par l'autre, l'un avec l'autre. Une aventure à plusieurs mains.

Moïse, tu te souviens, le rasta ? Sa présence nous rend tous heureux : sa gaieté est communicative ; j'adore sa façon de voir la vie ! Il sait provoquer l'inattendu. Il bouscule mes certitudes. Son optimisme est comme un pied de nez aux soucis.

Marilyn partage maintenant avec nous ses rêves de prince charmant.

Romeo vit chaque jour comme le premier...

Et puis d'autres participants vont et viennent. Ils sont plus libres et plus vivants que la plupart des gens que je croise ailleurs. J'ai compris que je n'étais pas si différente, moi aussi j'ai mes bosses. Nous avons tous nos bosses.

Je suis sûre que tu les aimerais et que tu serais une Mamilou pour eux aussi.

Tu te souviens des paniers de fruits que l'on partageait, toi et moi ? Ici, on partage des mots, des mots-cerises, des mots-framboises, des mots-groseilles, des mots acides ou sucrés, ceux de nos jardins secrets et tous ces mots nous donnent notre part d'émerveillement, de bonheur partagé, d'espoir...

Alors, à mon tour de t'envoyer des mots aux couleurs des feuilles qui tapissent les chemins de l'automne.

Prends soin de toi, Mamilou. Ta princesse Alice.

14

Les murs ont des orteils

Romeo arriva à l'atelier quelques minutes après Alice. Maintenant, il connaissait le trajet par cœur. Il fit le tour de la table, observant attentivement chaque place encore vide. Puis, inévitablement, alla s'asseoir face à la pendule. Momentanément soulagé, il fut aussitôt assailli par une autre inquiétude :

— Mademoiselle Alice, qu'est-ce que j'écris ? Hein, qu'est-ce que j'écris ?

Alice savait maintenant comment l'apaiser. Elle posait une main sur son bras et le faisait patienter. Invariablement, la même question revenait, jusqu'à ce que tous les participants soient installés – aujourd'hui, ils n'étaient que trois, les trois habitués.

Désormais, l'atelier commençait par le même rituel : chacun écrivait quelques lignes sur les petits riens qui avaient ponctué la semaine écoulée. Des petits riens qui en disaient long… « Les Surprises de la vie », comme les appelait Alice. Les participants avaient pris l'habitude de ces mots qui, l'air de rien justement, tissaient des liens entre eux.

Romeo écrivit lentement, avec application et en majuscules : « SURPRIZE : C MOI ET JESUI ENVIE. » Puis il s'inquiéta :

— Il n'y a pas de fautes ? Dis, mademoiselle Alice, il n'y a pas de fautes ?

Alice l'assura que tout allait bien, que les mots aimaient de toute façon changer d'apparence, se dédoubler ou se cacher derrière un autre, pour ne pas s'ennuyer dans leur vie de mots. Romeo parut satisfait.

Marilyn suça son crayon jusqu'à ce que quelque chose lui vienne à l'esprit : elle parla du bus n° 9 qui ne l'avait pas attendue alors qu'elle courait vers l'arrêt, d'un pigeon qui était venu roucouler sur le rebord de sa fenêtre et du magazine *Gala* qu'elle avait emprunté à son patron et où elle avait vu une femme blonde « qui me ressemblait tellement, vous vous rendez compte ! ».

Moïse fit une liste de ses « joyeusetés » : une bière qu'on lui avait offerte, un baiser envoyé à une jeune femme qu'il ne connaissait pas, un bus pris sans ticket, au nez et à la barbe des contrôleurs…

Tout doucement, l'espace de la semaine s'était comblé et l'on pouvait avancer. Alice hésita avant de proposer le sujet : elle aimait maintenant en décider au dernier moment, pour qu'il soit ajusté à l'humeur du jour. Elle choisit de rebondir sur les mots de Romeo : « Quelles sont vos envies ? »

Moïse agita sa jambe de plus en plus vite, impatient de prendre le départ, et s'élança pour un marathon de deux pages, lisibles seulement par lui.

Marilyn s'oublia un long moment dans une rêverie qui laissa un sourire troublé sur ses lèvres. Elle en sortit pour écrire la conclusion : une femme, dont les frous-frous évoquent la glace à la chantilly, se tient fièrement au bras de son mari et tout le monde les applaudit.

Romeo, perturbé par la grosse horloge qui le surveillait, s'empressa de déposer sur la feuille : « je vai a la mere ». Alice ne discuta pas l'orthographe.

Moïse fut le premier à partager son texte : il avait écrit sur son envie de détricoter l'Histoire pour revenir en Afrique que ses ancêtres avaient quittée, au fond des cales.

— J'aimerais avoir des racines aux pieds, pour avoir la tête dans les étoiles, sans risquer de me casser la gueule, commenta-t-il.

Puis, il ajouta mystérieusement :

— Merci, Alice, grâce à toi, je sais où je vais dormir ce soir. Dans la savane africaine !

L'atelier fut suivi d'un moment de gourmandise : Marilyn avait préparé une galette des rois. Alice et Moïse marquèrent leur surprise mais Marilyn déclara qu'il fallait se libérer du calendrier.

— Vive le gâteau libre ! plaisanta Moïse.

Romeo n'attendit pas de trouver la fève pour s'emparer de la couronne. Son premier acte de souverain fut d'offrir son texte à Alice qui l'afficha dans la salle. Romeo commenta :

— Maintenant, les murs ont des orteils.

— Des oreilles, Romeo, des oreilles ! crut bon de rectifier Marilyn.

15

Cendrillon

Garder espoir.

Pourtant, le 9 la laissait perplexe.

Presque deux semaines maintenant que Marilyn faisait la ligne, de la gare routière au terminus, aller-retour, roulant des yeux enamourés, laissant traîner des lettres écrites sur papier vert – la couleur de l'espoir – à la place qu'elle avait occupée. Rien. Il ne se passait toujours rien malgré les clins d'œil encourageants que le chauffeur lui adressait. Marilyn décida de ne pas renoncer.

Des signes ne trompaient pas : elle avait commencé l'atelier d'écriture le 9 du mois, elle habitait l'appartement 99, elle avait misé sur le 9 au tiercé et il avait presque gagné.

Ce jeudi, la patience de Marilyn fut enfin récompensée. Alors que le dernier passager était descendu et qu'elle attendait que le bus reprenne le chemin dans l'autre sens, le chauffeur lui annonça qu'il allait au dépôt et que si elle tenait à rester là, il l'emmenait aussi.

Le dépôt ! Un mot pudique pour dire qu'il les déposerait – l'un ET l'autre – dans un lieu où ils seraient enfin seuls. Marilyn sentait bien que depuis quelques jours, il voulait lui parler mais en était empêché par tous ces gens agaçants qui ne faisaient que monter et descendre. Il allait enfin lui révéler ses sentiments et Marilyn acquiesça avec autant d'émotion que s'il s'était agi de dire oui à M. le Maire. Tandis qu'il haussait les épaules et redémarrait, elle savoura l'instant – elle vivait là le début d'une grande histoire – et laissa traîner son regard sur les façades grises qui défilaient, offrant ainsi le loisir à son élu de l'observer. Mais pour le moment, il était au téléphone.

Elle comprenait : son travail fini, il serait tout à elle. Quand ils arrivèrent au dépôt, elle fut chavirée de l'entendre dire : « Je vous en prie » en ouvrant les portes dans un chuintement, juste pour elle. Il avait garé son bus entre une dizaine d'autres.

Elle attendit qu'il descende aussi et qu'il fasse le tour de son véhicule pour la rejoindre. Émue, elle se sentit toute petite entre ces énormes bus, et « son » chauffeur lui sembla d'autant plus fort et viril. Elle était impatiente d'entendre ce qu'il allait lui dire. De son côté, elle avait eu tout le temps de préparer ses phrases : elle allait d'abord lui parler de son admiration pour sa conduite, sa ponctualité, son sens des responsabilités, l'élégance de son uniforme…

Elle n'en eut pas le temps. Quand il surgit de l'arrière du bus, il n'était plus seul. Un collègue l'accompagnait. Marilyn le reconnut. C'était le 7. Un troisième homme arriva aussitôt, par l'avant du bus.

Marilyn ne saisit pas tout de suite ce qui se passait. Pendant quelques instants, elle dissimula sa déception de ne pas être seule avec son Amoureux et crut encore à des présentations amicales. Un rire barbare déchira brutalement ses illusions.

— Lequel de nous trois elle préfère, vous croyez ?

— Faudrait compter les lettres ! T'en as eu combien, toi ?

— Eh ! les mecs ! je suis jaloux, j'en ai pas eu, moi.

Marilyn, mortifiée, se tut.

— Moi, je dis que ce serait trop cruel de lui demander de choisir. Elle va nous avoir tous les trois !

Marilyn sentit comme un étau se resserrer. La peur et la colère broyaient sa poitrine ; ils étaient maintenant tout près. Elle n'avait aucune issue. Elle se rua tête baissée sur celui qui était à sa portée, lançant des coups de sac au hasard. Mais le 7 lui attrapa le bras et jeta le sac par terre. Le contenu se répandit, le 9 ramassa le portefeuille.

— Eh ! les gars ! c'est pas Marilyn qu'elle s'appelle ! C'est Ginette !

Ce qui les plia de rire.

Marilyn riposta en le frappant avec sa chaussure mais le 9 eut vite le dessus et la poussa contre le bus. Elle lui cracha à la figure, ce qui fit monter d'un cran la détermination des trois hommes.

Le 9 se rapprocha :

— Ben alors, tu ne nous aimes plus, maintenant ?

Il lui tira violemment les cheveux en arrière. À travers ses larmes, Marilyn ne voyait plus qu'un même corps effrayant, sous plusieurs casquettes. Un monstre à trois têtes. Elle se sentit faiblir et se laissa glisser à terre. Le 9 l'attrapa par un bras et l'obligea à se remettre debout tandis que les deux autres la tripotaient. Le plus jeune lui empoigna un sein.

Son collègue souleva sa jupe. Le 7 voulut avoir sa part et lui arracha sa culotte. Il vit qu'elle avait ses règles :

— Putain, c'est dégueu ! Ça me la coupe.

— Eh ! te plains pas ! lui dit son pote en rigolant, elle pourrait être enceinte : ça se reproduit vite, ce genre de cafard…

Ils l'humilièrent en l'exhibant fesses nues et en se la passant de l'un à l'autre. Puis le 9 lança à ses collègues :

— Puisqu'elle nous aime tant, elle pourrait nous offrir une petite friandise, non ?

Au moment où il obligeait Marilyn à se mettre à genoux, le bruit d'un bus qui rentrait au dépôt arrêta net les trois hommes. Marilyn, tremblante, en profita pour se relever. Elle réajusta sa jupe comme elle put avant de s'enfuir en boitant. Le 9 lui cria que si elle disait quoi que ce soit, il montrerait les lettres et l'accuserait de harcèlement. Il ajouta :

— Ce qui t'arrive, tu l'as bien cherché. Alors ne va pas te plaindre, on sait où t'habites !

Le 7 renchérit :

— Eh ! Cendrillon ! n'oublie pas ton écrase-merde, il n'y a pas de prince charmant par ici !

Et il lança la chaussure qui lui manquait.

16

Tarzan, la jungle… mais un bon lit

— Yes !

Moïse réussit à envoyer sa paire de baskets au-dessus d'un fil de téléphone qui traversait la rue. On lui avait dit un jour que c'était de l'art, du « shoefiti », ça s'appelait. En fait, il ne pensait pas qu'elles resteraient vraiment suspendues, c'était juste un essai. Le fait est que, maintenant, il allait devoir marcher jusqu'au zoo avec ses vieilles chaussures. Bon, tant pis. Il portait dans un sac à l'épaule la presque totalité de ses biens. Le squat avait été évacué et il avait juste eu le temps de sauver quelques vêtements. Et cette paire de baskets qui, maintenant, se balançait au-dessus de la rue. On lui avait dit que des bandes de voyous marquaient l'entrée de leur territoire de cette façon-là. Aujourd'hui, il avait peut-être brouillé les repères et rien que cette idée l'amusait. Tout en marchant, il imagina une guerre des gangs à cause de sa paire de godasses.

Grelottant dans son blouson trop léger pour cette journée de novembre, il marcha d'un pas rapide et arriva au zoo plus vite que prévu. Moïse dut attendre que les portes ferment et que le personnel soit parti. Discrètement, il fit le tour du parc jusqu'à repérer un endroit facile à escalader. Ah, depuis le temps qu'il en rêvait de son voyage en Afrique ! Une fois à l'intérieur, il se dirigea vers l'enclos des girafes. Il adorait ces bestioles depuis qu'il était tout petit. Il devait avoir cinq ou six ans quand quelqu'un lui avait offert un livre cartonné. Il avait oublié qui était le généreux donateur – pourtant, ce n'était pas souvent qu'on lui faisait des cadeaux – mais il n'avait pas oublié les girafes qui avaient un cou trop long pour tenir sur une seule page. Les voir était un vrai privilège. Elles lui plaisaient, avec leur labyrinthe de taches et leurs pattes qu'elles écartaient pour boire. Il contourna l'enclos pour les voir de plus près. Elles sortaient une énorme langue, mâchonnant un chewing-gum de feuilles, tout en le regardant de leurs yeux bordés de longs cils.

Moïse les observa longuement, il pensait déjà à tout ce qu'il écrirait au prochain rendez-vous de l'atelier : il parlerait avec modestie de « son audace et de sa volonté farouche d'être au plus près du continent noir… », ça sonnait bien, ça ! Il imaginait les pages qui laisseraient incrédules tous les participants. Les participants… et Alice surtout. Il espérait bien la scotcher avec son récit des « petits riens de la semaine » qui étaient déjà, en ce qui le concernait, une véritable épopée.

Moïse se laissa aller à un soupir de satisfaction et faillit se faire prendre. Un gardien faisait sa ronde et il ne l'entendit pas arriver. Heureusement, il put se cacher à temps derrière un buisson. Puis il prit le chemin inverse du gardien et poursuivit sa visite. Le soir tombait et il était plus facile de se dissimuler. Il rêvait d'une nuit dans la savane, allongé dans une herbe douce, à écouter les rugissements des lions et les cris des singes, bien à l'abri de leurs dents. L'Afrique sans les risques. Il pensa qu'il venait d'inventer un slogan pour un nouveau concept d'hôtel à l'intérieur des zoos. « Tarzan, la jungle mais… un bon lit. »

Finalement, c'est le camion-poubelle qui le tira de son fantasme. Être globe-trotteur n'est pas toujours de tout repos. Il soupira et partit en quête d'un endroit plus tranquille. Il essaya de se concentrer sur ses ancêtres partis d'Afrique mais se raccrocha difficilement à la branche de l'arbre gêné-pas-logique. Pour l'heure, il rêvait plutôt de braquer le distributeur de pop-corn et de trouver un endroit bien au chaud où dormir.

Faute de mieux, il rejoignit l'enclos des dromadaires et finit par s'assoupir à côté d'eux dans la paille. L'odeur était assez désagréable mais avait l'avantage de le transporter directement au Sahara. Il s'endormit et rêva qu'il était à la tête d'une caravane de sel et qu'une oasis baignée de lumière l'attendait.

La lune avait un sourire complice.

Soudain, un gardien surgit et ne vit en Moïse qu'un SDF de plus. Il le pourchassa à grands coups de sifflet. Moïse pensa un moment essayer le chantage en faisant mine de sauter dans la fosse aux crocodiles mais eut peur de tomber pour de bon. Il courut jusqu'à la sortie en regrettant à nouveau ses baskets.

Le matin se levait et Moïse, ne sachant où aller, se dirigea vers le Bar des Héros. Achille lui proposerait peut-être de tenter sa chance au tiercé. Après une nuit dans l'Arche de Noé, il ne pouvait que miser sur le bon cheval : *La balance !* se dit-il. *La chance va me sourire.*

17

Le naufrage

La chance avait tourné le dos à Marilyn. L'amour n'était qu'une illusion dont elle s'était bercée. Retranchée au fond de son appartement, elle se mit en quarantaine, se nourrissant de paquets de chips, s'anesthésiant devant un écran de télé qui montrait une image aussi brouillée que ses pensées. Elle ne sortit que pour aller à l'épicerie en bas de son immeuble et en rapporter des bouteilles de vinasse rouge, des tablettes de chocolat et toujours plus de chips.

Chaque fois, Marilyn espérait que son voisin soit sur le palier pour lui barrer le passage : elle avait besoin d'un homme sur qui passer ses nerfs. Mais il n'ouvrit la porte qu'une seule fois. Quand il sentit sur lui ce regard qui le transperçait, il rentra aussitôt et s'enferma à double tour. Marilyn partagea son temps entre la télévision et la douche, y passant des heures sans jamais se sentir propre, ignorant le miroir comme si cela lui suffisait pour ne plus exister. Puis elle évita complètement la salle de bains, ne se lava plus, ne se coiffa plus. Son lit, couvert de miettes et de papiers d'emballage, devint un terrain vague sur lequel elle était échouée, un déchet parmi d'autres. Les rideaux restèrent fermés pour confondre le jour et la nuit et nier la vie du dehors.

Un matin, quelqu'un vint frapper à sa porte. Elle reconnut la voix d'Alice mais elle n'ouvrit pas et retint même sa respiration. Alice partie, Marilyn alla s'acheter des bouteilles d'alcool fort qu'elle but goulûment dès la porte refermée. Au bout de quelques heures ou quelques jours, la jeune femme sombra dans un semi-coma où elle se débattait au fond d'un lac. On criait son nom mais l'eau était tellement boueuse qu'elle s'enlisait au lieu de remonter à la surface. Alors que son corps presque entier était englouti, un pigeon interrompit sa noyade : curieusement, il donnait des coups de bec dans la fenêtre. Marilyn ne savait pas s'il était dans son rêve ou dans la vie réelle, jusqu'à ce que le pigeon devienne le tic-tac du réveil. C'était comme si le temps reprenait après une longue suspension. Le réveil affichait trois heures, du matin ou de l'après-midi, de n'importe quel jour. Cela n'avait pas vraiment d'importance. Marilyn regarda ses orteils, les fit bouger, s'étonnant d'être encore en vie et se demanda si elle en était soulagée puis scruta sa chambre. Son lit était une île qui émergeait d'une mer de détritus. Une lumière blafarde filtrait à travers les rideaux. Une odeur de vomi poissait les murs. Des images revinrent à sa mémoire. Elle les écrasa d'un coup de poing. Ses yeux brûlèrent mais refusèrent de pleurer. Elle poussa un long, un très long cri.

Plus tard, dans un bistrot, la jeune femme raconta qu'elle venait de noyer Marilyn mais qu'elle n'avait pas pu tuer Ginette. Un homme, accoudé au comptoir, s'écarta, par précaution. L'aube peignait un décor bleuté quand la jeune femme rentra chez elle.

Elle nettoya son appartement. Le voisin du dessous protesta à grands coups de balai dans le plafond mais ne réussit pas à la dissuader de passer l'aspirateur puis de tout laver à grande eau. Un ruisseau descendit l'escalier commun. Puis la jeune femme prit une paire de ciseaux et se força à regarder son image dans le miroir. Sans pitié pour la femme qu'elle voyait, elle tailla ses cheveux. Ginette ne garda qu'une mèche qu'elle enveloppa dans une page de magazine et jeta le reste par la fenêtre. Du magazine à la paire de ciseaux, elle se souvint du premier rendez-vous à l'atelier d'écriture. De rage ou de désespoir, elle arracha les pages de la revue puis plus apaisée, découpa des mots dans ce qu'il en restait, ils s'étalaient maintenant partout dans sa chambre, ils jonchaient le sol, elle les lut, les changea de place, les associa, les sépara, en ramassa quelques-uns, les aligna pour en faire des phrases puis les balaya d'un revers de main pour n'en garder qu'une : « Une femme déserte appelle une pluie douce. »

Et la pluie vint enfin à ses yeux.

18

Quand on parle du loup…

— Allô, vous vous appelez bien Alice ? C'est à propos de M. Lombardi.

— Oui, mais je ne connais pas de M. Lombardi !

— Dans ce cas, je vous prie de m'excuser. Mon patient était un peu confus : il parlait d'Alice et d'une lettre qu'il devait absolument écrire. J'ai pensé à un atelier d'écriture qu'il suit et… Enfin… Désolé de vous avoir dérangée…

— Attendez ! Quel est son prénom ?

— Romeo. Romeo Lombardi.

Alice patientait dans le couloir de l'hôpital de jour. Un jeune médecin souriant vint jusqu'à elle.

— Ah ! Mademoiselle Alice, je présume ! Romeo n'est pas très bavard mais quand il parle, c'est toujours de vous !

Alice expliqua dans quelles circonstances Romeo et elle s'étaient rencontrés.

— Je comprends mieux Romeo. Moi aussi, j'aimerais suivre votre atelier d'écriture !

Le discours charmeur du médecin amusa Alice.

— Je ne vous retourne pas le compliment, répliqua-t-elle. Je n'ai aucune envie de suivre votre atelier.

— En tout cas, à nous deux, nous avons fait du bon travail et Romeo a bien progressé, même s'il vient de faire une rechute. Je vous remercie, Alice, de vous être déplacée. Entre thérapeutes, il faut bien s'entraider, n'est-ce pas ?

Il la fit entrer dans une petite salle pour discuter. Alice était gênée. Le lieu l'intimidait, et elle avait le sentiment de ne pas savoir pourquoi elle était là. Le médecin avait insisté, disant que s'ils échangeaient sur leurs pratiques, ce pourrait être profitable pour l'un comme pour l'autre.

— Romeo… je l'appelle par son prénom parce que je le connaissais du temps où il était médecin, et…

— Romeo était médecin ?

— Oui, vous ne le saviez pas ? C'était un excellent cardiologue.

— Non, enfin, je ne m'étais jamais vraiment posé la question de… Enfin… Qui il était avant…

Alice resta songeuse. Bien sûr, le secret médical interdit qu'elle apprenne de quoi Romeo souffrait exactement. Mais son imagination combla les silences : elle vit Romeo dans une blouse blanche qui n'était plus ridicule, elle le vit dévoué, affairé auprès de ses patients, avec, comme chacun, des projets de vie, des ambitions, des amours… Elle se rendit compte à quel point le regard qu'elle portait sur lui l'enfermait dans un état, dans un moment de sa vie. Il avait été Romeo Lombardi, médecin respecté. Puis Romeo Lombardi, victime, un Romeo qui avait peur et qu'il fallait rassurer. Le rassurer pour lui dire que tout allait bien, qu'il n'avait rien à craindre, lui dont la vie avait volé en éclats. L'image qui lui vint était celle d'un puzzle : Romeo s'efforçait de remettre les morceaux à leur place, la tâche était immense et Alice comprenait mieux la panique qu'elle lisait parfois dans ses yeux. Heureusement, cela arrivait moins souvent. Après l'épouvante de s'être complètement perdu, il retrouvait petit à petit des parties de lui-même. Les paroles du médecin firent irruption dans ses pensées : « C'est comme si des murs l'entouraient. Ils le protègent mais l'empêchent de participer à ce qui se passe dehors. Écrire, c'est pour lui comme une fenêtre. » *Une fenêtre rend-elle un mur de prison supportable ?* se demanda Alice. Mais elle n'eut pas le temps d'y réfléchir. Romeo arrivait, accompagné d'un infirmier.

— Quand on parle du loup, dit le médecin, avec un sourire bienveillant.

— Le loup, c'est toi, dit Romeo au médecin. Et elle, c'est Alice, ajouta-t-il, pas du tout surpris de la voir ici. Et moi, je ne suis pas un mouton.

— Bien sûr que non, dit le médecin. Mais pourquoi un mouton ? demanda-t-il, pensant impressionner Alice en perçant à jour l'inconscient de son patient.

— Parce que j'ai très froid.

— Et alors ?

— Eh bien, si j'étais un mouton, j'aurais de la laine sur le dos et je n'aurais pas froid.

Et Romeo, tournant le dos à son ex-confrère, dit à Alice avec un large sourire :

— Bon, mademoiselle Alice, qu'est-ce qu'on écrit ?

Et si, écrire, c'était plutôt apprendre à regarder à travers les murs ? pensa Alice.

19

À découper suivant les pointillés

Glenn Gould jouait *Les Variations Goldberg*. Alice regardait par la fenêtre les guirlandes qui se balançaient au gré d'un vent impitoyable. Les fêtes de fin d'année étaient arrivées. L'atelier était suspendu pour deux semaines.

Alice détestait Noël.

Elle se souvenait du premier Noël qui avait suivi la mort de sa mère. Elle avait six ans. Son père, sa grand-mère et des amis de ses parents étaient réunis. Elle était la seule enfant, tout le monde la regardait et faisait comme si.

Comme si elle pouvait encore croire au Père Noël. Comme si des cadeaux pouvaient combler une absence. Elle voyait bien que tout ça sonnait faux, elle voulait parler de sa maman, pas que l'on fasse comme si elle n'avait jamais existé !

De rage, elle avait jeté la robe de princesse que son père lui avait offerte et s'était réfugiée dans sa chambre.

Seule sa grand-mère avait su trouver les mots pour qu'elle ouvre sa porte et son cœur. Elles avaient pleuré toutes les deux, serrées l'une contre l'autre, tandis que son père préférait les bulles de champagne pour faire pétiller sa vie.

C'est peu de temps après que son père lui avait annoncé qu'elle irait vivre chez sa grand-mère : il avait bredouillé quelques excuses au milieu desquelles elle avait saisi qu'il avait envie de tourner une page. Plus tard, elle avait compris que son père n'avait pas ouvert seul le nouveau chapitre mais il n'avait pas eu le courage de lui parler de la femme qui partageait désormais sa vie. Il s'était installé à Paris et avait tenu sa promesse d'envoyer de l'argent et quelques mots. Alice avait pu grandir sans manquer de robes ni de cartes postales, sur lesquelles il griffonnait son affection lointaine. Il venait aussi une fois ou deux chaque année pour le spectacle de l'école, pour une remise de médaille à un championnat… et la dernière fois, il avait assisté à sa thèse. Il la félicitait avec des mots qui sonnaient creux puis disparaissait. C'était pourtant grâce à lui qu'elle avait obtenu ce poste à la mairie et ça faisait enrager Alice : d'un côté, elle savait qu'elle n'aurait pas pu le décrocher sans lui mais l'accepter, c'était comme recevoir encore un cadeau bien emballé pour éviter de parler de l'essentiel. C'était un présent qui faisait remonter du mauvais passé.

Alice se souvint d'un livre de coloriages que lui avait offert sa grand-mère : l'image était ensuite « à découper suivant les pointillés ». Elle avait eu un père en pointillé.

Non, décidément, elle n'aimerait jamais Noël.

C'était une fête pour les familles heureuses. Elle faisait partie des « tout-seuls », ceux qui la redoutent. Toute cette joie affichée et trop souvent feinte. Tous ces mirages d'amour. Toute cette effervescence de consommation. Ces réunions de famille obligatoires. Ces cadeaux offerts par principe, parfois aussitôt revendus. Et par-dessus tout, elle détestait ce Père Noël menteur qui faisait croire aux enfants qu'il suffisait d'être sage pour avoir ce que l'on désirait. Tout ça la dégoûtait. Et lui faisait envie…

Elle eut une pensée pour Moïse, Marilyn, Romeo et même Camille, Charlot et les autres. Charlot passerait-il les fêtes sur son trottoir à écouter les musiques qui s'échappaient des fenêtres ? Romeo était-il resté à l'hôpital ? Marilyn s'était-elle offert un nouveau canari qui chanterait juste pour elle ? Elle n'était plus venue à l'atelier et Alice avait essayé en vain de prendre de ses nouvelles. Peut-être enviaient-ils Alice ? S'ils savaient…

À l'approche des fêtes, son ami s'était souvenu qu'il était mari et père et par conséquent passerait les fêtes en famille. « Obligé, avait-il dit. Tu ne m'en veux pas ? » Alice lui avait juste demandé si sa petite fille croyait encore au Père Noël.

Le Père Noël… encore lui. Il lui rappela une jeune femme qui avait fait une brève apparition à l'atelier, le temps de faire cadeau de sa passion pour le poète Rilke qu'elle avait cité d'une voix vibrante de ferveur : « S'aimer, d'être humain à être humain : voilà peut-être la tâche la plus difficile qui nous soit imposée… L'amour, c'est une haute exigence, une ambition sans limites, qui fait de celui qui aime un élu qu'appelle le large. »

Alice avait oublié son prénom mais se souvenait d'une jeune femme maigre, habillée de noir et exhibant des piercings, comme d'autres mettent des barbelés pour se protéger des intrus.

Et comme si Noël ne suffisait pas, une autre fête arrivait. Le fameux Nouvel An !

Le copain d'Alice avait fait d'une pierre deux coups. Deux coups de poignard dans la poitrine d'Alice : après le Noël raté viendrait le Nouvel An où, avait-il expliqué, il ne pouvait pas faire autrement que de le passer avec sa femme. « De cette façon, elle n'aura pas de soupçons et on pourra continuer à se voir. Je suis sûre que toi au moins tu vas bien t'amuser pendant le réveillon. »

Si l'atelier d'écriture avait eu lieu entre les fêtes, Alice aurait proposé comme sujet : « Toutes les façons de passer le réveillon sans douleur ».

Pour sa part, Alice avait hésité sur le mode d'emploi de ce rituel collectif : « Me prendre une cuite jusqu'à voir double. D'un seul coup d'œil, l'année passée et l'année à venir, à califourchon sur un bouchon de champagne, fouette cocher, le temps ne me rattrapera pas… ou alors le mépris : c'est un soir comme les autres. On ne va pas en faire un plat. Je tire la couette au-dessus de ma tête et je me réveille l'année suivante, belle au bois de l'an charmant. »

Mais au dernier moment, elle avait flanché. Elle avait accepté de passer le Nouvel An chez une copine. Dans une famille modèle. Une maman toujours impeccable et organisée. Un papa toujours présent et disponible. Et deux enfants sages comme des images. Qui ne font jamais de caprices. Qui rangent leur chambre et se brossent les dents. Alice se demanda si elle avait accepté l'invitation pour s'égratigner sur cette image d'Épinal. Elle se promit de les laisser après minuit pour aller danser en boîte.

Pour le moment, il fallait d'abord passer Noël. Alice téléphona à sa grand-mère, elle regretta de n'avoir pas pris à temps ses dispositions pour aller la voir et lui promit de venir bientôt. Puis elle ouvrit une bouteille de champagne. Elle prit ensuite sa collection de « graines de rêve », disposées dans une jolie boîte en nacre et en bambou. Une graine, plate et striée de petits chemins, représentait le rêve de voyager. Une autre, en forme de haricot, représentait celui d'avoir un jour des enfants. Elle y ajouta celle qui serait son cadeau de Noël et qu'elle avait baptisée « Écriture d'un roman ». Elle était ronde et lisse, avec des reflets bleutés.

Une coupe à la main, la jeune femme relut les *Lettres à un jeune poète* : « Si votre quotidien vous paraît pauvre, ne l'accusez pas. Accusez-vous vous-même de ne pas être assez poète pour appeler à vous ses richesses. »

Écrire pour réenchanter la vie ? se dit Alice.

20

Une année à inventer

Tant bien que mal, Alice avait débarqué dans la nouvelle année.

Une année toute neuve, encore toute froissée, à déplier jour après jour, à faire éclore comme une rose.

Une année à construire, à inventer, à déguster.

Une nouvelle année, c'était comme une promesse, comme une offre exclusive qui vous était faite. Alice imagina la pub : « 365 jours vous sont accordés ! Un crédit à la consommation à utiliser comme vous voulez ! » La jeune femme se demanda avec quels rêves, quelles joies, quelles amours, elle allait remplir ces jours à venir… Tiens, ce serait peut-être le sujet de l'atelier d'écriture…

Il n'était pas question pour autant de parler de toutes ces bonnes résolutions vite englouties par le quotidien. Quoique… Alice se promit de terminer son roman et d'oser le présenter à un éditeur.

21

Rouge sang

Après plus d'un mois d'absence, Marilyn réapparut à l'atelier. Aussitôt, Alice comprit qu'il s'était passé quelque chose de grave.

Marilyn ne s'assit pas immédiatement. Elle prit le temps de les regarder l'un après l'autre. Puis d'une voix qui tremblait légèrement, elle déclara :

— Je m'appelle Ginette. J'en ai voulu longtemps à ma mère de m'avoir appelée Ginette. J'ai même essayé d'être Marilyn, je croyais qu'en portant ce prénom, ma vie serait plus belle, comme on se choisit une marraine qui va transformer la Cendrillon qu'on est. Mais ça ne marche pas comme ça. Alors, je redeviens Ginette. Et j'essayerai au moins pour vous d'être la meilleure Ginette possible.

Un silence ému accueillit la déclaration de la jeune femme. Moïse ne tenta pas de plaisanter. Il préféra la féliciter pour ce changement qui s'accompagnait d'une nouvelle coupe de cheveux.

Alice y vit plutôt un signal d'alarme. D'abord Ginette était en retard – elle expliqua qu'elle avait dû venir à pied –, puis son débit était rapide, son regard inquiet, tantôt agressif, tantôt blessé. Elle avait changé aussi sa manière de s'habiller : elle portait un jean et un pull vert. Son maquillage était léger. Elle était vraiment une autre. Pourtant, l'image qui s'imposa à Alice fut bizarrement celle d'un arbre dont on aurait élagué les branches pour ne garder que celles qui produiraient des fruits. Elle accueillit cependant Ginette en se gardant de poser des questions. Dans ce lieu, un accord tacite voulait qu'on ne demande rien. Les mots couchés sur le papier lèveraient peut-être un coin du voile, ou emmèneraient dans une contrée plus sombre encore. Au moment d'écrire, Ginette intervint avec véhémence :

— Est-ce qu'on ne pourrait pas déborder de la page de temps en temps, s'accorder de l'espace, faire respirer les mots ?

Sa proposition surprit tout le monde. Alice lui demanda comment elle comptait s'y prendre.

Ginette sortit de son sac une bombe de peinture qui avait déjà taché ses doigts.

Moïse fut le premier à réagir :

— Elle a raison ! On nous a laissé ces murs, ces chaises, ces fauteuils parce que personne n'en voulait. Eh bien, nous, on les prend ! Ils sont à nous et on va les faire vivre ! Bravo… Mari… Ginette !

La jeune femme se détendit. Elle observa la réaction d'Alice qui hésitait : ces locaux appartenaient à la ville. Et si elle se rendait complice de vandalisme ? Aussitôt, Alice eut honte de cette pensée étriquée. Après tout, qui s'en préoccuperait ? Personne ! Qui était venu voir ce qui se passait dans son atelier ? Personne !

Elle sourit à l'idée de cette œuvre commune. Elle dit seulement :

— Il faudrait d'autres couleurs : le rouge, ce ne sera pas suffisant.

Moïse accueillit sa réaction avec un hourra !

Ginette se contenta de hocher la tête avec gravité.

À la surprise de tous, Romeo comprit la situation : il décrocha la pendule et la serra contre lui.

Il resta sur le mur un cercle blanc. Ginette brandit sa bombe et le transforma en une bouche d'un rouge agressif.

Moïse salua ce début prometteur et griffonna sur une feuille : « Nos écrits sont nos cris ! » Un vieux clou transperça la feuille et la laissa au mur, au milieu de la bouche ouverte. L'atelier se passa dans une grande agitation. Les idées fusaient. Et si on changeait le mobilier aussi ? Mais on n'a pas les moyens ! Ah, vous croyez ? On a notre imagination, c'est beaucoup mieux. On doit bien ça aux gens qui ont usé leurs rêves dans cette usine.

Ce fut Ginette qui, encore une fois, créa la surprise. D'abord satisfaite, elle déclara :

— Je vous laisse. À la semaine prochaine.

Moïse faillit lui reprocher de casser l'ambiance mais il sentit encore une fois une détermination à laquelle il valait mieux ne pas se frotter. Alice ne chercha pas non plus à la retenir. Ils se donnèrent rendez-vous le lundi suivant pour mettre à exécution leur projet.

Ginette ne dit plus un mot et reprit sa bombe de peinture qui dégoulinait de rouge.

Rouge sang, pensa Alice.

22

Désaimer

Alice était troublée. L'atelier prenait une tournure qu'elle n'avait pas imaginée. Elle attendait maintenant avec impatience ce rendez-vous. Chaque semaine, quand les participants déposaient leurs mots sur cette table, elle avait le sentiment d'être une confidente, une grande sœur, quelqu'un d'utile.

Assise derrière son bureau à la mairie, ses pensées voyageaient souvent jusqu'à la « fabrique de petits bonheurs », comme elle la surnommait maintenant. Elle venait de trouver une nouvelle proposition d'écriture et elle avait hâte de la présenter. L'idée était de faire un dictionnaire des mots qu'il restait à inventer. Elle l'imaginait délirant, décapant, drôle sans doute. Elle pourrait peut-être utiliser la photocopieuse de la mairie pour en faire un recueil et le donner à chacun. Elle avait prévu d'en parler avec son petit ami, plus tard, au restaurant. La réaction qu'il eut n'étonna pas tellement Alice :

— Tu te prends vraiment la tête ! Laisse tomber ! Qu'est-ce que tu as à voir avec tous ces paumés ? Tu as mieux à faire, tu perds ton temps. Atterris un peu.

La secrétaire de ma boîte prend sa retraite dans deux mois. Si tu veux, je parle de toi à mon patron…

Sa réplique l'avait surprise elle-même : elle avait haussé le ton, lui reprochant de ne rien comprendre :

— MON atelier, c'est MON atelier, et ne te mêle pas de ça ! Qui es-tu pour juger ces gens ?

— Tu vois bien qu'ils déteignent sur toi ! Tu es de plus en plus négligée, tu as des idées bizarres… Si tu avais un meilleur salaire, tu pourrais me faire plaisir avec des fringues plus sexy…

Elle s'était levée, bouillonnant à l'intérieur mais parfaitement maîtresse d'elle-même, et devant les autres clients, elle lui avait jeté :

— Dans mon dictionnaire, j'inventerai un mot pour dire le sentiment de libération lorsqu'on se défait d'une relation qui nous rétrécit… quelque chose comme « désaimer », peut-être ?

Il était resté stupéfait et l'avait laissée partir.

Seule dans la rue, elle s'était interrogée. Pourquoi avait-elle voulu défendre son atelier ? Il y a quelque temps encore, elle aurait été d'accord avec lui. Pourquoi gâcher sa relation amoureuse pour si peu ? *Non, pas pour si peu*, se reprit-elle. Elle ne se reconnaissait plus dans les yeux de cet homme. Elle n'était plus celle qu'il voyait. Celle-là, autrefois, avait peut-être besoin de lui, mais plus la femme qu'elle était devenue. Elle ne supportait plus les mensonges qu'il inventait pour la retrouver, les restaurants où il fallait toujours prendre la table du fond et avoir une excuse toute prête au cas où on le verrait en sa compagnie, les week-ends passés seule à attendre les messages qu'il lui envoyait en cachette. Leur relation était devenue une coquille vide. Leur relation… d'ailleurs, qu'est-ce qui les reliait encore ? Il y avait entre eux comme un miroir et toute Alice qu'elle était, elle n'avait pas envie de le traverser. Ils étaient l'un en face de l'autre mais chacun ne voyait que lui-même. Non, vraiment, c'était mieux ainsi. Elle essaya de s'en persuader. Mais les doutes ne la lâchèrent pas si facilement… Qu'est-ce qu'elle faisait là, à traîner seule dans la rue plutôt que de manger avec un homme séduisant ?

Elle eut une pensée fugitive pour Moïse. Lui saurait rire de cette situation…

23

#BalanceTonPorc

Ginette constata avec amertume qu'elle connaissait par cœur les habitudes des chauffeurs de bus.

Pour elle, la gare routière n'avait plus aucun secret. Elle n'eut pas de mal à trouver le bus 9. Comme à son habitude, le chauffeur commençait sa journée en prenant son café au bar voisin. Elle savait qu'ensuite, il passerait derrière son véhicule, le longerait et se hisserait directement dans la cabine.

Elle vérifia rapidement qu'il était bien là. Quand elle l'aperçut à travers la vitre, elle ne put réprimer un tremblement. Ce n'était pourtant pas le moment de faiblir. Dissimulée derrière un arbre, elle se força à le regarder. Quand elle le vit rire avec la serveuse et tenter de lui toucher les fesses, sa colère resurgit, intacte. Cinq minutes plus tard, le 9 montait dans son bus et manœuvrait pour prendre ses clients. Ginette respira profondément et redressa la tête. Elle fut la première à présenter son ticket. Le chauffeur la regarda, stupéfait. Il la reconnut immédiatement malgré ses cheveux courts. Jamais il n'aurait pensé qu'elle oserait revenir.

Ne sachant pas quelle conduite adopter, il choisit la fuite et ses yeux cherchèrent un autre passager.

Ginette n'avait plus peur de lui et prit tout son temps. Comment avait-elle pu imaginer que cet homme soit autre chose qu'un sale type ? Elle s'installa sur le premier siège, de telle sorte qu'elle pouvait le voir mais pas lui.

Il avait l'impression qu'elle n'était pas la seule à le regarder. Un effet de son malaise, sans doute… Les passagers semblaient même chuchoter à son sujet. Il conduisit mal. À l'arrêt suivant, une femme fit signe au chauffeur mais quand le bus s'arrêta, elle ne bougea pas. D'autres personnes montèrent mais ne lui rendirent pas son bonjour. Décidément, la présence de cette femme le perturbait. De plus en plus nerveux, il houspilla des habitués qui tardaient à monter. Une femme évita délibérément son contact quand il lui rendit la monnaie. Il sentait le regard de cette Ginette planté comme un dard dans son dos et ne comprenait pas ce qu'elle cherchait.

Tout avait été suffisamment clair et elle aurait dû ne jamais revenir.

D'ailleurs, ses collègues et lui s'étaient félicités de ne plus l'avoir revue. Pour un peu, lui-même aurait presque oublié que tout ça avait bien eu lieu. Au début pourtant, il repensait souvent à elle mais après quelques verres le soir, il se persuadait facilement que cette femme était une nymphomane et qu'il avait fait ce qu'il fallait pour lui faire peur et se débarrasser d'elle.

Pourquoi réapparaissait-elle aujourd'hui ? Qu'elle ait dû prendre le bus pour une raison personnelle ne suffisait pas à l'expliquer. Elle avait une idée derrière la tête, c'était sûr. Il dut attendre plusieurs arrêts avant qu'elle ne descende. Bizarrement, il se sentit délivré d'une menace.

Mais son soulagement ne dura pas : son chef lui téléphona. Il devait interrompre son trajet et rentrer au plus vite à l'entrepôt. Jamais ça ne lui était arrivé. Une inquiétude sourde le saisit.

C'est seulement quand il descendit du bus qu'il comprit.

À l'avant, tagué en lettres rouges, on pouvait lire : « CHAUFFEUR VIOLEUR ».

24

Avancer en funambule

Alice avait posé sur sa table une jacinthe rose dont le parfum flottait dans son studio. La jeune femme s'installa en face de son ordinateur pour manger et réprima une envie de pleurer. Ce soir, sa solitude était un manteau trop lourd. C'était comme une défaite. Presque une honte. Aller au cinéma, au restaurant, seule, c'était impensable pour Alice. Elle se sentait mutilée. Amputée des rires complices, des gestes de tendresse, des désirs partagés… Elle idéalisait les couples qu'elle croisait et les enviait en secret.

Bien sûr, elle avait quelques copines mais quand elles arrivaient à se libérer pour boire un verre, c'était pour parler de leur mari ou de leur premier bébé. Alice n'avait rien à dire de son côté : pouvait-elle parler de son roman, de son atelier ? Parfois, elle tentait de paraître légère et rapportait quelques anecdotes de la mairie qui les distrayaient quelques instants.

Jamais pourtant, elle n'aurait avoué être trop seule : au contraire, aux yeux de son entourage, elle passait pour une fille qui s'assumait, qui « gérait » bien…

Si le vocabulaire de l'économie a envahi le domaine des sentiments, pensa Alice, *pas étonnant que les relations amoureuses soient si compliquées*. Chacun « comptabilise » ses attentions, « rentabilise » ses cadeaux, « s'investit » dans le quotidien et met sur un tableau Excel ce qu'il a donné et ce qu'il a reçu. Puisqu'il fallait parler économie, eh bien, elle refusait de brader sa vie amoureuse, de la solder en échange de quelques plans foireux, de la vendre pour un peu de confort ou quelques apparences. Parfois, Alice se disait que c'était mieux ainsi. Sauf les soirs où elle dînait en face d'un pot de fleurs et d'un ordinateur.

Inévitablement, après avoir repoussé son assiette, elle passa à la phase suivante : la dévalorisation.

Pourquoi elle ?

Pourquoi ne rencontrait-elle que des hommes mariés ou des types qui ne la rappelaient pas le lendemain ?

Elle était jolie, mais ça ne suffisait pas. Ce pouvait même être un handicap, parfois, quand un homme désirait juste l'exhiber comme un trophée à son tableau de chasse.

Aussitôt, Alice s'en voulut d'être aussi idéaliste et de ne pas savoir prendre de risques.

Elle repoussa l'idée que l'indifférence de son père l'avait laissée méfiante à l'égard des hommes.

Elle se disait qu'elle avançait dans la vie en funambule, sans jamais oser lâcher le balancier qui assurait son équilibre. D'un côté, le vertige du doute, de l'autre, le gouffre du manque. Et le fil de la vie sur lequel elle posait un pied, puis un autre en essayant de regarder au loin. Et au loin, elle voyait pourtant de l'amour, des enfants, des livres mais pourquoi était-ce si difficile d'avancer sans crainte ?

Elle se plongea dans le roman qu'elle écrivait. Dans le monde virtuel, la vie faisait moins peur…

25

Jenouzême

La fabrique de friandises était en ébullition.

Moïse dansait au bout de son pinceau tandis que les murs se dégrisaient. À Alice qui lui demandait l'origine des deux pots de cinq litres, il répondit avec un large sourire : « C'est du bleu gendarmerie, ils en auraient fait une prison, on va en faire un ciel ! »

Ginette était revenue d'Emmaüs, les bras chargés et l'air sérieux.

— La mode, ça me connaît ! Au salon, on me demande souvent conseil. Avec toutes mes lectures, vous pensez bien !

Elle déposa ses trouvailles sur la table orange puis guida deux hommes qui livraient un vieux réfrigérateur. Royale, elle leur donna un pourboire de dix euros. Ils eurent l'air de s'en contenter et sortirent sans poser de questions.

Alice observa Ginette à la dérobée, elle avait l'air d'aller mieux, quelque chose en elle s'était détendu. Comme si elle sortait d'une longue apnée.

Moïse s'exclama avec une parfaite mauvaise foi :

— C'est toujours pareil, sur les chantiers, il n'y en a qu'un qui bosse et c'est moi ! Allez, au boulot, vous autres !

Ça tombait bien : aujourd'hui, l'atelier avait six participants. En plus des trois habitués, il y avait là Charlot flanqué de son chien et de son accordéon, JJ qui chantait à tue-tête : « Je te donne toutes mes différences… », et Camille :

— Putain, pour une fois que je mets pas ma salopette, c'est ce jour-là qu'on fait le grand ménage ! Vous pouviez pas prévenir ? Bon, je vous le dis, la déco, c'est pas mon truc mais je veux bien repeindre quelques chaises, du moment qu'on me laisse faire à mon goût – qui n'est pas le goût de tout le monde – je vous préviens !

Charlot aida Ginette à relooker les fauteuils. Ils les habillèrent de vestes, d'écharpes ou même de gants enfilés sur leurs accoudoirs. L'effet était surprenant. En d'autres circonstances, ils auraient pu paraître grotesques. Mais à cet instant, ils semblaient attendre de jouer un rôle dans une pièce de théâtre tragicomique, à côté de l'avion sans ailes et des deux moutons en carton qui gisaient là depuis longtemps. Charlot essaya tous les fauteuils et, au fur et à mesure, leur attribua une musique et une nationalité : un petit air de tango argentin pour l'un, une salsa cubaine pour l'autre et un air de java pour le gros, là, tout en cuir. Un petit fauteuil rond entonna même une chanson du répertoire de l'artiste, accompagnée de quelques grincements de ressort.

Romeo trouvait ce remue-ménage très drôle. Pour sa part, il se contentait de déplacer les objets selon sa logique à lui si bien qu'il semait une belle pagaille.

D'un commun accord, Ginette et Charlot le reconduisirent gentiment à la table orange qu'ils déblayèrent d'un revers de main et lui conseillèrent d'écrire. Il ne se fit pas prier et inscrivit en grosses lettres : « Au jour dui tou le monde é en couleur. E moi je sui eureu. E cette nui, je vais bien nager. Pour allé juska demain. »

JJ mit du temps à trouver sa place. Il déambulait dans la pièce, les bras ballants, puis, brusquement, il sortit. Il revint très vite, traînant derrière lui un gros tonneau qu'il avait découvert au fond de la cour. Il alla en chercher un autre puis une grande planche qu'il posa en équilibre entre les deux et déclara :

— Le bar est ouvert ! Mais avant de consommer, un autographe s'il vous plaît ! Approchez, approchez, n'ayez pas peur !

Chacun prit plaisir à graver ses initiales, comme s'il s'agissait de passer à la postérité. Quand l'atelier fut repeint, le mobilier transformé, il y eut un moment de gêne. Ces murs tout neufs avaient désormais la parole, ils étaient leur espace de liberté, à la fois espéré et redouté. Quelle trace laisser de soi ? Le papier, plus éphémère, était moins intimidant.

Alice les sortit de l'embarras : puisqu'ils venaient de refaire leur monde, il fallait maintenant le définir et le *Dictionnaire des mots à inventer* avait sa place ici. Ils se retrouvèrent autour de la table pour un moment d'écriture.

Moïse, barbouillé de jaune citron, chercha quel mot pourrait vouloir dire « faire entrer du soleil dans ses pensées » et il inventa « se dénuager ».

Ginette dit qu'elle aimerait « se tricoter un gros pull d'amour pour affronter les moments de tempête dans la tête » et elle suggéra « se sécurificoter ».

Camille qui aimait qu'une poésie l'aide à tout réparer proposa de l'appeler « clé-de-douce ».

Charlot, plus sombre, déclara :

— Le bonheur est dans le pré et moi sur un trottoir, mais il ajouta : Heureusement, il existe la consolamuse : c'est un instrument de musique qui sait vous consoler.

Alice pensa qu'il manquait un mot pour définir l'excitation d'un plaisir partagé et suggéra « frissourire ».

Romeo avait retenu qu'il fallait inventer quelque chose et il écrivit : « Jenouzême ».

C'est alors que Ginette se rappela que la première fois qu'elle avait cherché quelques mots dans un dictionnaire, elle n'avait pas compris leurs définitions et elle les avait traduites à sa manière. Il n'en fallut pas plus pour que, dans un joyeux brouhaha, chacun propose sa version personnelle.

Charlot proposa le mot « exclusion » et le définit ainsi : « Pas invité à la fête. »

L'Amour, selon Ginette, devint « un sentiment éternel qui peut s'arrêter à tout moment ».

Camille, qui venait d'apporter une brassée de fleurs pour orner le bar, rajouta :

— L'Amour, c'est quand un lys rencontre une violette et qu'ils composent un beau bouquet.

Charlot suggéra « rabâcher : rabattre la bâche sur soi pour oublier le trottoir et ressasser ses pensées sans témoin ».

Comme Romeo ne proposait rien, Alice le regarda affectueusement et pensa : *romeopathie : guérir en douceur, à petites doses*.

Moïse en profita pour inventer sa façon de voir « demain : Dimen sé an couyon », sorte de *carpe diem* à la sauce créole.

Puis il récupéra un bout de tuyau en plastique par lequel il déclama quelques vers à l'oreille des uns et des autres, se proclamant « souffleur de vers ».

— Mais alors, demanda soudain Ginette, écrire, qu'est-ce que c'est pour vous ? Pour moi, écrire, c'est… étaler ses idées noires sur une page blanche. Après ça, on dirait qu'on les a lavées, elles ne sont plus aussi noires.

— Écrire, c'est se balader dans un monde parallèle, dit Moïse.

— Écrire, c'est se raccommoder, pour qu'il y ait moins de trous dans la tête, ajouta Charlot.

— Écrire, c'est cueillir, proposa Camille.

— Cueillir quoi ? demanda Romeo.

— Cueillir des émotions, des souvenirs.

— Moi, je cueille les heures, répondit Romeo.

— Écrire, c'est partager, dit Alice qui était heureuse de voir la joie qui côtoyait la gravité dans un même élan.

Quand, seule, elle ferma la porte deux heures plus tard, elle jeta un dernier coup d'œil et se souvint combien ce lieu était lugubre la première fois qu'elle l'avait découvert et voilà qu'il était devenu une sorte de grenier mystérieux où les objets avaient une âme pour peu que l'on veuille bien les regarder autrement. Elle jubila : « Atelier d'Alice : jardin où on cultive ses possibles. »

26

Trois pelés et deux tondus

Le maire ferma d'un coup sec un dossier.

— Non, ce n'est pas possible ! J'ai besoin de ces locaux.

— Et dans un autre lieu ? demanda Alice.

— Non et non, je me tue à vous le dire ! Ma petite, vous êtes encore jeune, mais vous apprendrez qu'en politique, on doit saisir les opportunités. Je peux vendre cette usine à un groupe qui va la réhabiliter pour en faire un centre commercial. Ils y mettront des boutiques de luxe : les gens aiment ces endroits tendance. Ça nous ramènera du beau monde plutôt que les déglingués qui fréquentent votre atelier d'écriture qui n'est pas un succès, vous en conviendrez. Vous n'avez pas été à la hauteur, il va fermer et je vous donne deux semaines pour avertir les personnes concernées. Ne me dites pas que ça vous pose problème : il y a trois pelés et deux tondus. Et encore, je suis généreux : ça ferait cinq participants. Non, on arrête là les frais.

— Mais quels frais ? Quels participants ? Vous ne savez même pas qui vient !

Alice ne se reconnaissait plus. Voilà qu'elle tenait tête au maire et lui demandait des explications.

— Attention, vous dépassez les bornes, répliqua-t-il. Vous avez la chance d'écrire dans mon journal municipal : ne la gâchez pas, vous pourriez vous retrouver à servir le café.

— C'est déjà ce que je fais ! En fait, il n'y a que votre intérêt qui compte, déclara Alice, furieuse.

— Oui, mon intérêt et alors ? Mon intérêt est aussi celui de la ville que je dirige, mademoiselle !

— Oui, les deux se confondent un peu trop, d'ailleurs.

— Ah oui, c'est ça, j'oubliais que votre spécialité, c'est la poésie lyrique, les beaux sentiments et les grandes envolées. Mais justement, si vous savez voler de vos propres ailes, ne vous gênez surtout pas ! Deux semaines, je vous donne deux semaines pour dégager l'usine, aboya le maire, et je ne reviendrai pas sur ma décision. En attendant, rejoignez-nous tout à l'heure pour la réunion sur ce projet immobilier. Peut-être que ça vous mettra un peu de plomb dans la cervelle. Vous aurez un article à écrire sur le sujet. Ce pourrait aussi être le dernier. Votre père a raison : quelle tête de mule vous faites !

— Ne mêlez plus jamais mon père à ça ! rugit Alice, en se retirant, blessée.

Décidément, sa vie demandait une révision générale : son petit ami qu'elle avait largué, son employeur qui lui tapait sur les nerfs, son roman qui n'avançait pas assez vite à son goût…

Elle alla se chercher un café et croisa une collègue :

— T'es invitée à la réunion sur les projets immobiliers tout à l'heure ?

— Oui, on peut dire ça comme ça, répondit Alice avec amertume. On va me poser dans un coin jusqu'à ce qu'on se rappelle que je peux être utile pour griffonner sous la dictée.

La collègue préféra changer de conversation :

— Au fait, t'as vu ce qui s'est passé ? Dans notre ville ! Quand je pense que ma fille prend le bus tous les jours !

— De quoi tu parles ?

— Ben, t'es pas au courant ? Les chauffeurs de bus ! On ne parle plus que de ça ! Trois chauffeurs soupçonnés d'avoir agressé et violé une femme.

— Tu les connais ?

— Non, ils sont juste suspects : on ne donne pas leur nom mais ce sont nos bus, quand même !

— Et comment on a su ? C'est la femme qui les a reconnus ?

— Mieux que ça, il paraît qu'elle a tagué le bus d'un des chauffeurs, elle l'a traité de violeur. En lettres rouges ! C'est une copine qui me l'a dit. C'est comme ça qu'il y a eu une enquête.

Alice revit une bouche rouge sang peinte sur un mur et s'éloigna, songeuse.

27

Un vilain petit canard

Ginette ne fut pas surprise quand Alice vint s'asseoir à côté d'elle sur le banc. Le jardin public était près de la mairie et il leur était arrivé de s'y rendre pour écrire. Elles restèrent silencieuses, regardant les pigeons que Ginette attirait avec des morceaux de pain. Un peu plus loin, un cygne évoluait avec grâce et quelques canards d'un bleu soyeux nageaient sur l'eau d'un petit lac. De temps en temps, leur tête disparaissait puis ils la retrouvaient comme si un magicien la leur avait rendue.

Ce fut Ginette qui brisa le silence :

— Je suis comme eux, j'aimerais être un cygne mais je suis un vilain petit canard. Et parfois, je perds la tête. Pour un rêve, pour un rien. Parce que je suis pas belle, les gens pensent que je suis moche dedans aussi. Et moi, je crois qu'ils vont voir que c'est pas complètement vrai. Mais peut-être qu'ils ont raison, que je suis pas belle à voir, ni dehors, ni dedans.

— Non, ils n'ont pas raison, dit Alice.

— J'ai fait ce qu'il fallait pour être une femme comme dans les magazines : j'ai mis du noir sur mes yeux, du rouge sur ma bouche, des jupes qui montraient mes jambes et des chaussures qui faisaient mal aux pieds, j'ai rasé mes poils, j'ai teint mes cheveux, j'ai peint mes ongles et ça a servi à quoi ? À attirer des salauds.

Ginette essuya rageusement son maquillage. Une longue trace noire zébrait son visage, l'ébréchant comme une porcelaine.

— Moi, je veux quelqu'un qui m'écrive des mots d'amour, quelqu'un qui dise « je t'aime ». Le dire parce qu'il sent quelque chose dans sa poitrine. Pas le dire pour me mettre dans son lit et baiser plus vite… Recevoir des mots tendres, juste une fois dans ma putain de vie. Mais ça existe pas, un mec comme ça. J'y ai cru mais j'y crois plus.

— Tu le trouveras, j'en suis sûre.

— C'est trop tard. La vie, c'est comme un match de boxe, tu prends des coups mais tu te relèves et t'en donnes aussi et puis un jour, on t'en met un que t'attendais pas, et tu restes sur le tapis.

— Non, t'es pas KO. Tu t'es déjà relevée. Pour écrire sur un bus, il faut être debout. C'est haut, un bus !

Ginette retrouva un pauvre sourire.

— Ah, t'es au courant, alors ? T'as vu ça, ce que je lui ai mis ! Il fait plus le fier sous sa casquette, maintenant !

— C'est sûr ! Ça sert à ça aussi, les mots !

— N'empêche que les gendarmes, ils n'ont pas voulu me croire tout de suite. Ils ont dit que je l'avais cherché. Alors, j'ai fait comme les canards : j'ai caché ma tête dans l'eau. Sauf que moi c'était du vin. Mais quand j'ai senti que j'allais me noyer, j'ai pas pu !

C'est bête mais j'ai pas eu le courage. Alors, tant qu'à respirer, je me suis dit, autant respirer le bon air, je suis retournée à la gendarmerie et j'ai dit que ça sentait trop mauvais par ici et que j'allais plus me laisser polluer. Alors, j'ai tout déballé encore une fois, je veux dire j'ai vidé mon sac, vraiment vidé, et au fond, il y avait mon petit carnet, alors j'ai commencé à écrire et j'ai dit que j'étais pas pressée, que l'avantage quand on n'a rien, c'est qu'on n'a rien à perdre, que ça prendrait le temps qu'il faudrait mais que je sortirais pas d'ici sans qu'ils aient consigné tout ce que je leur disais. Je crois qu'ils en ont eu marre de voir ma gueule et ils l'ont fait. Comme quoi, ça sert quand même d'être moche ! Si j'avais été belle comme les filles des magazines, ils m'auraient gardée longtemps !

— Tu ne seras jamais une femme de papier glacé et tant mieux, dit Alice en lui souriant.

— Il faut que je te dise quelque chose, Alice. Ton atelier, c'est peut-être bien lui qui m'a sauvée. J'ai pu parler de moi. Personne n'a ricané quand j'ai lu mes textes. C'est bête mais j'ai l'impression que c'est le seul lieu où on me respecte et c'est grâce à toi.

28

Les Caraïbes, mam'zelle ?

Alice avait pris sa décision : elle ne reviendrait pas à la mairie. Elle marcha un long moment, guettant des signes qui auraient pu lui donner des raisons de croire à un changement positif. Mais la rue semblait faire son théâtre habituel : un bus emportait des lycéens résignés. Des enfants poursuivaient des pigeons. Une femme souriait, seule et nue, dans une vitrine en préparation. Alice constata que ses pas l'avaient ramenée à l'atelier. La clé était toujours dans sa poche.

On n'était pas lundi, il n'y aurait personne. Ce lieu lui ferait du bien. Contrairement à d'habitude, la porte ne résista pas. Alice balaya la pièce des yeux. Elle retrouva avec une tendresse réconfortante les vieux fauteuils. Ils leur avaient offert une nouvelle vie, plus folle, plus douce… leur présence était presque amicale : ils étaient la preuve que tout pouvait se réinventer avec un peu d'imagination. On les aurait dits prêts pour un mystérieux voyage. *De l'autre côté du miroir*, pensa Alice, apaisée.

Elle essaya l'un d'entre eux, habillé d'une veste d'homme en haut et d'une jupe à fleurs en bas.

Une espèce d'hybride joyeux qui ne s'embarrassait pas des préjugés sur les sexes. Cette pensée lui ramena un sourire.

Soudain, un bruit la fit sursauter. Elle n'était pas seule dans ces lieux ! D'un bond, elle se leva, prête à décamper, quand la tête ensommeillée de Moïse apparut au-dessus du bar. Confus, il bredouilla quelques excuses au travers desquelles Alice saisit qu'il ne savait plus où dormir depuis son expulsion. Elle pensa tout de suite au maire et à ce qu'il aurait ajouté s'il avait su que les lieux étaient squattés puis se ravisa : de toute façon, ça ne pouvait pas être pire. Avec tristesse, elle annonça à Moïse que l'atelier n'était pas une solution. Il tenta de se justifier mais elle l'interrompit pour lui faire part de la décision du maire.

Moïse se laissa tomber à son tour dans un gros fauteuil habillé d'une robe à volants qui convenait mal à sa carrure. Alice ne put s'empêcher de sourire. Moise soupira :

— Alors, tout ce qu'on a fait… tout ce qu'on a partagé… non, ce n'est pas possible… bien sûr, pour eux, ça ne compte pas, ça peut s'arrêter là…

Alice aurait aimé le rassurer. Mais elle ne trouvait pas de raison d'avoir confiance. Elle s'étonna même de ses confidences : elle avoua ce qu'elle avait dit au maire et proclama qu'elle était désormais au chômage.

Moïse garda le silence un moment, ce qui ne lui ressemblait pas. Puis il dit finalement :

— Et si on rajoutait un peu de vert de ce côté ?

Puis, laissant passer la surprise d'Alice, il déclara :

— Tu ne crois tout de même pas qu'on va baisser les bras si facilement ? Abandonner notre table à ces requins qui risquent de la brûler ou d'écrire des horreurs de chiffres dessus, pas question !

Alice sourit devant la naïveté et l'optimisme de Moïse. Comment pourraient-ils s'opposer au maire ? Il avait la loi pour lui.

— Nous, maintenant, on a les mots ! Écrire, c'est exister, déclara-t-il avec un brin de prétention.

Et joignant le geste à la parole, il montra le slogan apposé sur le mur, « en lettres rouges, la couleur de la révolution ». Alice fut surtout sensible au pathétique de la situation : ils ne changeraient pas le monde en deux coups de pinceau.

Moïse remarqua son découragement et s'approcha d'elle.

— Eh ! Doudou ! Moïse a ce qu'il faut pour te redonner le sourire. Un petit voyage exotique ! Les Caraïbes, mam'zelle, ça vous tente ? Si vous êtes d'accord, je vous emmène !

Sans vraiment attendre sa réponse, il l'entraîna dehors. Dans la cour de l'usine, il lui demanda avec une certaine gravité si elle lui faisait confiance.

Surprise et gênée, elle hésita mais lui assura que oui.

— Eh bien, nous allons le vérifier ! Ferme les yeux, s'il te plaît !

Alice, étonnée, obéit.

Il lui prit la main et la guida avec précaution. Alice entrouvrit les paupières, pas très rassurée malgré tout.

— Attention, on ne triche pas ! avertit Moïse.

Elle s'appuya sur son bras ; il lui fit faire deux tours sur elle-même, comme dans un jeu de colin-maillard.

Puis ils traversèrent la cour pour aller vers l'arrière du bâtiment. Moïse lui fit franchir en toute sécurité les gravats et le talus qui cernaient la fabrique. Puis, lentement, ils commencèrent à descendre.

En même temps que Moïse était très attentif à Alice, il lui racontait son île natale, la Martinique : le balancement nonchalant des cocotiers, le frou-frou des ailes du colibri, l'eau de coco désaltérante, les cannes à sucre fleuries, les lambis dans lesquels les pêcheurs soufflaient, le fumet du poulet boucané.

Il l'emmena dans l'excitation du carnaval, les groupes qui défilaient au rythme des tambours, la journée des mariages burlesques et celle des diables rouges. Il lui parla du crabe que l'on fait cuire sur la plage à Pâques, des courses de yoles aux voiles multicolores, du sable blanc de la plage des Salines et du sable noir de Saint-Pierre. Il lui cueillit des mangues et des corossols tandis qu'elle sentait sur sa langue l'acidité des maracujas.

Alice s'abandonnait maintenant en toute confiance à son guide. Ce n'était plus le froid de février qui lui mordait la peau mais le soleil. Elle volait avec les frégates au-dessus de la mer des Caraïbes.

Moïse lui demanda en créole :

— Sa ou fé ? s'assurant qu'elle allait bien.

Il tint sa main un peu plus serrée dans la sienne et lui dit qu'ils seraient bientôt au bord de la plage… Il se plaça derrière la jeune femme et lui demanda d'ouvrir les yeux. Elle découvrit, stupéfaite et ravie, une rivière qui scintillait et bondissait joyeusement au-dessus des cailloux. Deux hérons surpris les regardèrent un instant avant de prendre leur envol. Des saules saluèrent bien bas les visiteurs. Jamais elle n'aurait pu imaginer toute cette beauté derrière ce paysage industriel hideux !

Alice se retourna vers Moïse et l'assura qu'elle avait fait bon voyage et que le dépaysement était total. Mais elle y vit plus que cela. Cette eau qui contournait les obstacles sans jamais se laisser arrêter était pour elle une métaphore de sa situation. Elle allait faire de l'imprévu le sel de sa vie. Elle laisserait ce qui lui semblait laid et sombre pour marcher vers plus de beauté, plus de lumière aussi. Et l'atelier d'écriture était définitivement du côté lumineux.

Moïse, ravi, lui murmura :

— Kontan we zot, « Bienvenue », qui était destiné autant à elle qu'aux oiseaux et aux arbres.

Puis il chanta une chanson de chez lui : « Ba moin en ti bo, deux ti bo, trois ti bo doudou. »

Le bonheur d'Alice était palpable. Il caressait sa peau, allumait ses yeux et chatouillait ses oreilles. Elle le transforma en un « ti bo » léger comme un battement d'ailes.

29

Faut shampouiner la société

De la grêle crépitait sur le toit des voitures.

Ginette courut en protégeant une enveloppe sous son blouson. Elle venait d'écrire une lettre officielle de démission qu'elle remit à son patron, stupéfait d'y lire toutes les formules de condoléances, remerciements, félicitations et excuses mélangées dans un joyeux méli-mélo… En plus, elle ne put s'empêcher de faire une déclaration au beau milieu du salon de coiffure. Elle annonça que le devoir l'appelait, qu'on avait besoin d'elle pour une œuvre autrement plus importante, que c'était toute la société qu'il fallait shampouiner et que le maire allait y perdre ses cheveux. Le coiffeur, aussi médusé que les clientes, ne comprit rien à ce que disait Ginette mais tout le monde parut soulagé quand elle passa la porte. Il se prépara au pire quand elle rentra de nouveau. Elle se contenta de confisquer quelques exemplaires de *Gala*, pour les longues soirées de garde, assura-t-elle, et ne put s'abstenir tout de même d'un commentaire sur la pièce montée que son patron faisait à une cliente qui se mariait.

Romeo, quant à lui, n'avait pas attendu l'autorisation de la pendule pour se rendre à l'atelier, ce qui était déjà en soi une révolution.

Moïse était sur place et annonça qu'il était prêt pour la résistance.

Alice hésitait entre l'enthousiasme et la crainte d'une défaite. Elle choisit d'afficher un sourire rassurant. Elle avait apporté quelques affaires personnelles, sans oublier son cahier et son exemplaire annoté de *Lettera Amorosa*, de René Char, qui ne la quittait jamais. Moïse nota avec satisfaction qu'elle avait donc l'intention de rester longtemps à l'atelier.

Tout le monde se réunit autour de la table orange.

— L'heure est grave, annonça Ginette, on doit faire la guerre à tous les empêcheurs d'écrire, à tous ceux qui font souffler des tempêtes dans nos têtes, à tous ceux qui veulent mettre nos rêves sous clé.

Puis, étonnée d'avoir trouvé tellement de mots depuis le début de la journée, elle conclut par un soupir et laissa la parole à Moïse. Il se leva et comme s'il se tenait devant une très large assemblée, il proclama :

— Nous sommes tous des neg'marrons, ceux qui, dans mon pays, ont refusé l'esclavage. On ne veut plus être esclaves de la consommation, esclaves des paperasses, esclaves de ceux qui veulent penser pour nous. RÉSISTONS !!!

Ginette l'acclama bruyamment et fit remarquer que « consommation » commençait par « con » et finissait par « sommation ».

Alice applaudit aussi mais les ramena à la réalité : elle avait prévenu le maire de leur décision et il fallait s'attendre à son intervention.

Romeo dit qu'il aimait bien la mer.

Alice lui sourit et proposa qu'ils s'organisent avant que le maire ne vienne les déloger.

Romeo se leva aussitôt pour vérifier que la porte était fermée.

— C'est pour pas que je parte, dit-il.

Moïse déclara qu'il fallait du renfort et donc faire une grande « campagne d'information ».

Romeo, conciliant, répondit qu'il aimait bien la mer mais la campagne aussi.

Ginette proposa que chacun avertisse ses amis et ses connaissances. Ils se retrouveraient demain pour faire le siège de la fabrique. Elle suggéra, avec le plus grand sérieux, un mot de passe pour rentrer : « désobéissage », mais déclara que si Romeo ne s'en souvenait pas, il pourrait rentrer quand même.

Romeo répondit que ce n'était pas grave s'ils n'allaient plus à la campagne. Il voulait bien rentrer chez lui pourvu que Ginette le raccompagne. Elle attrapa son sac et dit à Romeo de la suivre. Avant de partir, elle lança :

— Quand le maire va se faire mordre, il va savoir qu'on n'est pas des sans-dents !

— Ça c'est vrai, ajouta Romeo sans savoir de quoi elle parlait.

Moïse passa la porte en fanfaronnant :

— Mes potes et moi, on a un moyen de pression ; si le maire ne cède pas, on arrêtera de construire la gendarmerie !

Ce soir-là, Alice ferma l'atelier avec un mélange de crainte et d'espoir. Mais elle savait que leur action était juste.

30

On n'est pas seul dans sa peau

Alice revint très tôt à la fabrique. Moïse n'avait pas dormi là. Elle était donc seule et choisit de réfléchir à un article qu'elle pourrait faire passer dans la presse.

Elle s'assit en tailleur dans le fauteuil à fleurs et tritura son crayon un long moment. Les mots vagabondaient, libres, sans qu'aucun ne veuille devenir une arme de persuasion. Une phrase d'Henri Michaux assiégea bientôt ses pensées : « On n'est pas seul dans sa peau. » Alice laissa ces mots résonner. Il y avait maintenant en elle un peu de Romeo, un peu de Ginette et un peu de tous ceux qui avaient fréquenté l'atelier. Leurs fractures, leur quête du bonheur, leur fragilité et leur force étaient maintenant sous sa peau, couraient dans ses veines. Il n'y a pas si longtemps, les Autres, ceux qu'elle apercevait sur un trottoir, ceux sur qui son regard glissait, ceux qui n'étaient pas du même bord, du même pays, tous ceux-là lui paraissaient étranges et donc étrangers. Mais imperceptiblement, les frontières s'étaient amincies comme si les mots avaient donné un sens commun. Dans l'intimité de son être, elle savait désormais qu'un accident pouvait faire d'elle un Romeo, qu'un exil pouvait lui donner l'humour décalé de Moïse, que les blessures d'amour étaient aussi douloureuses pour tous. La seule différence, peut-être, était que certains avaient les moyens de s'acheter des illusions mais cela les rendait-il plus heureux pour autant ?

Elle parcourut les notes qu'elle avait prises sur les thèmes des séances d'écriture. Plus d'une quinzaine de semaines et autant de rencontres avec soi et avec les autres. Parfois, en début de séance, elle faisait découvrir de grands auteurs. Elle appelait cela « Recevoir, Célébrer, Transmettre », selon l'expression d'Emmanuel Levinas. À cette occasion, elle leur lisait un extrait d'une œuvre qu'elle avait choisie. Ils avaient ainsi découvert Jacques Lacarrière, Aimé Césaire, Georges Perec, Guillaume Apollinaire… Elle se rappela en souriant que Ginette raffolait de ce moment qu'elle appelait le « hors-d'œuvre ». Alice n'hésitait pas à se servir d'incipits célèbres pour démarrer certaines séances. Ainsi, un jour, elle proposa une phrase d'Aragon : « La première fois qu'Aurélien vit Bérénice, il la trouva franchement laide. » Romeo, qui restait imprévisible, écrivit « moi aussi » ; on ne sut jamais de qui il voulait parler.

La jeune femme flottait au milieu de toutes ces pensées quand Moïse revint à la fabrique, plein d'énergie. Il lui demanda où elle en était et elle répondit qu'elle était avec Henri Michaux. Moïse n'en fut pas surpris : ce nom faisait partie désormais des « amis » qu'ils avaient en commun. Mais pour mettre un peu de légèreté sur ce visage qu'il trouvait soudain grave, il lança :

— Eh bien, ça ne me fait Michaux ni froid.

Alice sourit et lui dit qu'ils avaient pourtant des points communs, Michaux et lui :

— Tu sais qu'il a embarqué comme matelot à vingt ans, en plus il aimait l'humour et la provocation, un peu comme toi, non ?

— Moi ? Aucun rapport ! D'abord, moi, on m'a débarqué ! Heureusement ! Sinon, je serais en train de faire de l'import-export de bananes ! Tu te rends compte ! Et sans moi, tu aurais trouvé l'atelier tellement fade que tu aurais préféré te jeter dans un travail de secrétaire ! Mais on se serait rencontrés ! Obligé ! Parce qu'un jour, fatalement, tu serais venue au port et là, tu m'aurais tout de suite remarqué et tu m'aurais supplié de t'emmener et nous aurions parcouru les mers, vivant de bananes et d'eau fraîche.

Alice riant de bon cœur, Moïse se hasarda un peu plus loin :

— Et un jour, nous aurions aperçu une île déserte et tu aurais voulu que nous y restions pour toujours… Alors, je n'aurais pas hésité une seconde et j'aurais coulé le bateau !

Alice rentra dans le jeu :

— Et là, sur cette île déserte, on se serait tellement ennuyé qu'on aurait essayé de rentrer à la nage. On aurait nagé, nagé, nagé mais bientôt, nos forces nous auraient lâchés et on aurait pensé à tous les films qu'on n'avait pas encore vus, à tous les livres qu'on n'avait pas encore lus, à toutes les nuits d'amour pas encore vécues et dans un dernier sursaut, on aurait appelé au secours, mais il n'y aurait eu personne…

— Eh, ça fout la trouille, ton histoire…

— Au lieu de quoi, nous sommes au chômage, tranquillement assis dans des fauteuils défoncés, à nous demander comment ne pas être expulsés d'une usine désaffectée… C'est cool, non ?

31

L'eau sale n'empêche pas la rivière de couler

Quelques heures plus tard, le bâtiment bourdonnait : jamais Alice n'aurait imaginé que le sort de leur atelier, et plus largement celui de cette vieille usine, intéresserait autant de monde. Tous n'étaient pas venus avec les mêmes intentions, certaines étaient politiques, d'autres de l'ordre du divertissement mais en fin de compte, l'agitation ne laisserait pas le maire indifférent. Un drap tendu sur un des murs de la fabrique affichait : « Ou pa ka antré an soulié ki pli gran ki pié'w », ce qui était censé être une allusion aux ambitions démesurées du maire, mais Alice était dubitative sur l'efficacité d'un slogan que personne ne comprenait. Moïse fit remarquer que ça obligeait les badauds à s'arrêter et à poser des questions. L'atelier de confection de banderoles était ouvert à tous, l'idée étant de recouvrir le bâtiment de mots, et chacun y allait de sa formule.

Armée d'un seau de peinture noire, Ginette s'était octroyé la grande porte du bâtiment principal. Marquée par son séjour en salon de coiffure, elle s'apprêtait à peindre une tête de mort et à menacer le maire de lui arracher les cheveux et pire encore ! Alice eut bien du mal à l'en dissuader.

Romeo avait trouvé sa place. Sa blouse blanche portant à confusion auprès des sympathisants qui avaient rejoint le groupe, on le prenait tantôt pour le peintre qui dirigeait les opérations, tantôt pour un infirmier venu prodiguer ses soins. Dans les deux cas, il ne dissuadait personne, ne sachant pas ce qu'on attendait de lui. Si bien qu'il donna un pinceau à un homme qui venait de s'écraser les doigts sous un marteau.

L'irruption de journalistes en quête de nouvelles croustillantes provoqua une effervescence. L'un d'entre eux filma les lieux puis un autre demanda à parler à celle qui avait commencé cette résistance et on lui désigna Alice. Comme tous voulaient passer à la télé, la jeune femme se retrouva vite entourée d'une foule ravie de faire le buzz. Chacun adressait des petits signes de connivence à ceux qu'ils imaginaient regarder les infos locales le soir. Alice prit la parole et avec conviction défendit leur atelier d'écriture. Elle parla des mots qui émergeaient des mémoires, des mots qui pansaient les blessures, des mots qui redonnaient une identité. Elle compara l'atelier à un jardin.

— Dans un jardin, dit-elle d'une voix qui vibrait d'émotion, les graines sont en dormance et la fin des froidures de l'hiver les réveille. Eh bien, l'atelier apporte la chaleur et la confiance qui permettent de révéler ce qui est en dormance au fond de chacun et de le laisser fleurir. Personne n'est mis de côté. Chacun a sa place et a quelque chose à offrir.

Quand on demanda à la jeune femme si elle espérait gagner ce combat, elle affirma que personne ici n'en doutait, bien qu'au fond d'elle-même elle n'en soit pas si sûre.

Moïse se dégagea du groupe et dit d'un air grave qu'avant tout, il tenait à saluer ses amis gendarmes pour qui il travaillait depuis des mois et ses amis ouvriers de chantier chez qui il déjeunait tous les jours. Ceci fait, il conclut par :

— L'eau sale n'empêche pas la rivière de couler, ce qui laissa perplexe le journaliste qui ne trouva plus rien à ajouter.

Ginette se déplaçait en même temps que la caméra, pour ne surtout pas rater l'occasion de passer à la télé. Elle se trouva être la première à apercevoir la voiture du maire qui se garait à l'arrière de l'usine, sur un trottoir.

Le maire en descendit, visiblement contrarié. Elle hurla son nom pour prévenir tout le monde. Il essaya de maîtriser son agacement mais son sourire lui donnait des crampes. Les journalistes se précipitèrent sur lui. Il prit la pose, ajusta son regard qu'il voulut déterminé et déclara qu'il était bien conscient des enjeux sociaux que représentait ce lieu mais qu'il resterait ferme sur ses positions :

— Je suis à l'origine de cette innovation que constitue un atelier d'écriture destiné à tous, même aux oubliés. Et vous imaginez bien que c'est la mort dans l'âme que je me vois obligé de le fermer.

Et il se redressa avant d'ajouter :

— Mais vous savez que je dois être le garant de l'intérêt général et cette usine mérite de retrouver un éclat, ce quartier mérite de retrouver de l'animation et les habitants méritent d'y trouver des emplois !

Fier de sa rhétorique, il voulut répondre aux questions des journalistes mais c'était sans compter avec Ginette qui voulait passer des mots aux actes et menaçait de le scalper. Il s'ensuivit un moment de confusion. Le cameraman, subjugué par la scène, ne savait plus qui il devait filmer et il n'arrivait pas à faire entrer dans le cadre cette jeune femme déchaînée. Moïse, suivi de tous les autres, les rejoignit et le maire ne put jamais placer un mot de plus parce que Ginette avait convaincu quelques musiciens de la fanfare municipale de venir faire un peu de bruit. Elle s'improvisa chef d'orchestre pendant que le maire perdait son sang-froid en se ruant sur le cameraman pour l'empêcher de filmer.

Pendant ce temps, Romeo attrapait un bout de tissu que quelqu'un avait commencé à peindre et tentait de persuader le maire de le tendre avec lui. Furieux, l'élu renonça à intervenir, non sans proférer à voix basse quelques menaces. Ce à quoi Moïse répondit, seul devant la caméra :

— Tou chien fo douvan lapot met-yo.

Il daigna traduire :

— « Tous les chiens sont forts en gueule devant la porte de leur maître. »

Il laissa une fois de plus les journalistes perplexes.

32

La prise de la « Pastille »

La fabrique de friandises était redevenue calme. Trop calme. La plupart des fidèles étaient partis, se promettant de regarder les infos. Il ne restait que les trois irréductibles, en plus de JJ avec sa guitare et de Camille avec ses outils.

Ginette, très excitée, faisait les cent pas dans la cour. Elle téléphonait à tous ceux dont elle avait le numéro, par ordre alphabétique pour n'oublier personne : elle tenait à raconter les derniers événements. Dans sa bouche, il était question d'une touffe de cheveux du maire, de la prise de la « Pastille », d'un « télévisionneur » qui ne voulait qu'elle devant sa caméra, de leurs affiches qui, toujours selon elle, embaumaient les murs, et de son portrait qu'on allait sûrement voir à la télé mais qu'elle-même ne verrait pas parce que son devoir était d'attendre là. Immanquablement, à l'autre bout du téléphone, on devait la plaindre : « Pour une fois qu'elle passe à la télé ! » Quinze minutes avant le journal de treize heures, elle finit par annoncer qu'elle raccompagnait Romeo, sous prétexte que tout le monde devait s'inquiéter de son absence. Elle lui prit le bras, l'entraîna avant qu'il n'ait eu le temps de comprendre et s'empressa de lui demander s'il avait la télé chez lui. Romeo répondit oui mais ajouta qu'il ne savait plus comment elle s'allumait et qu'il en avait un peu peur. Ginette le rassura et l'emmena dans la rue.

JJ prit sa guitare et chanta pour lui seul : « Encore un matin, un matin pour rien… »

Camille inspecta la cour, prête à toute éventualité. De la poche arrière de sa combinaison de déménageur dépassaient une pince et un marteau et de la poche avant, une rose timide.

Alice resta seule, assise sur une marche. Songeuse. Moïse avait disparu depuis un long moment. Elle aurait aimé passer en revue avec lui les derniers événements mais il était introuvable. Elle n'avait personne avec qui parler : la seule qui aurait su l'écouter était Mamilou, mais elle ne répondait plus au téléphone.

Alice se débattait avec ses questions : pourquoi avait-elle le sentiment que sa vie changeait trop vite ? Que faisait-elle dans cette usine, à défendre un atelier d'écriture ? En quoi était-ce si important ? L'image de Moïse s'imposa à elle, elle la repoussa : elle n'avait quand même pas fait tout ce chemin pour se rapprocher de ce rasta ? Quoique… si elle était honnête avec elle-même…

Elle chassa cette idée et rentra dans le bâtiment. Elle décida de l'explorer, essayant de l'imaginer déguisé en temple de la consommation. Elle s'était jusqu'alors contentée de la pièce qu'ils avaient aménagée en bar et de leur salle d'écriture. Un long couloir menait à une autre aile du bâtiment. Elle le suivit, pas très rassurée tout de même. Ces lieux abandonnés transpiraient les reproches. Elle essaya plusieurs portes, elles étaient toutes fermées. D'après l'orientation, Alice en conclut que l'une d'entre elles devait déboucher dans une autre rue. Un escalier se présenta. Elle en gravit les marches en bois, patinées et usées en leur milieu. Du premier étage, on pouvait apercevoir le jardin public où s'ébattaient quelques enfants. C'était étrange de les voir jouer et courir sans entendre leurs cris. Du palier, elle entrevit une grande salle. Le plafond en lambeaux pendait par endroits, les murs étaient suintants de lèpre : il faudrait beaucoup de temps avant de réhabiliter ces lieux. *C'est drôle, ce mot « réhabiliter »*, pensa Alice, *c'est comme si la fabrique devait être innocentée après avoir été injustement accusée.*

Pourtant, Alice la voyait plutôt comme une petite fabrique de douceurs. Les fenêtres étaient presque opaques à cause de la crasse qui s'y était accumulée. Alice prit un mouchoir en papier et nettoya un petit coin de vitre pour regarder dans la rue. Un camion de livraison bouchait le passage, au loin la rivière auprès de laquelle Moïse l'avait emmenée : la jeune femme en gardait un souvenir ému. Elle prit un autre escalier et déboucha sur un palier d'où elle aperçut de nouveau le jardin public : des massifs de fleurs, un toboggan, un immense chêne et… au creux d'une branche, un homme qui lisait. Alice sentit son cœur s'accélérer : cet homme, avec ses longs cheveux, c'était Moïse ! Elle ne le distinguait pas bien mais elle en était certaine. Que faisait-il là et que lisait-il qui lui fasse oublier la fabrique et leur combat ? Quand elle comprit ce qu'il avait entre les mains, elle dévala l'escalier aussi vite que possible, courut vers la sortie sous les regards ébahis de Camille et JJ, et se dirigea vers le jardin public.

33

Entrer dans son âme sans enlever ses chaussures

Plongé dans sa lecture, Moïse ne vit pas arriver Alice mais l'entendit. Elle criait son nom depuis l'entrée du jardin. Il interrompit sa lecture et la regarda. Comme elle était belle ! Elle ressemblait à un papillon, avec son jupon à fleurs qui voletait autour d'elle. Ce qu'il aimait chez elle, c'était justement que ses lignes étaient floues, que rien n'était figé, pas plus ses vêtements que ses idées, à l'image de son mélange de doute et de confiance dans la vie.

Parfois, comme en cet instant, elle avait l'air fragile alors qu'il le savait, elle arrivait, toute remplie de colère contre lui. Mais c'était une colère qui lui allait bien, une colère nécessaire et juste parce qu'il avait osé entrer dans son âme sans enlever ses chaussures : il avait chipé son cahier !

Quand il l'avait ouvert, il avait espéré lire en secret quelques vers qui parleraient de lui. Il avait été surpris de lire sur la première page : « *Enfin ! Je suis entrée en écriture. Mon premier roman sera un conte moderne prônant l'acceptation des différences, il se dégustera comme une friandise, par petits bouts, en gardant le meilleur pour la fin. Les héros marcheront ensemble, côte à côte et cœur à cœur. Ils vivront une aventure personnelle et collective à la fois. Ils voyageront en fraternité, avec les mots pour traits d'union, comme des mains tendues vers les autres...* » Il avait feuilleté le cahier. Certaines pages étaient griffonnées ou barrées d'un coup de crayon rageur. Mais il put voir une ébauche des personnages.

Alice était maintenant au pied de l'arbre. Très agitée, elle sautillait sur place comme si cela avait suffi pour la propulser à côté de Moïse. Il fit mine d'être étonné de sa présence.

— Moïse ! Où as-tu pris ça ? Pourquoi as-tu fouillé dans mes affaires ?

— Je n'ai pas fouillé : ton cahier est tombé tout seul, j'ai voulu le remettre à sa place, et... je n'ai pas pu.

— Moïse ! Descends de là tout de suite ou c'est moi qui vais te faire descendre !

— Et si c'était toi qui montais ? Grimpe ! Tu sais, de là-haut, on entend les arbres parler avec le ciel ! Viens, tu verras le monde autrement !

Et il se hissa sur la branche au-dessus.

Puis, d'une belle voix grave qui montait vers la cime de l'arbre puis redescendait, plus douce, comme si elle glissait de branche en branche, il lança :

— Mon premier roman ! Auteur : Alice !

Il prenait à témoin le jardin tout entier et chaque arbre, chaque brin d'herbe, chaque oiseau semblaient lui répondre.

Alice se laissa glisser au sol, le dos contre le tronc. Des larmes coulaient sur ses joues.

Moïse laissa s'éteindre ses mots. Avec agilité et en silence, il redescendit de l'arbre et tendit le cahier à Alice en lui demandant pardon. Comme elle ne faisait rien pour le prendre, il le déposa sur ses genoux.

Alice leva la tête et le regarda à travers le brouillard de ses larmes.

— Je sais, je suis ridicule. J'avais de grandes ambitions et je n'arrive même pas à poursuivre ce roman ! Si encore je savais pourquoi j'écris tout ça…

— Tu sais, le monde n'est pas parfait mais c'est à nous de lui donner un sens. C'est sans doute ce que tu fais !

Moïse vint doucement s'asseoir à côté d'Alice. Il la laissa parler.

Elle avoua ses doutes, ses difficultés…

— Quelque chose en moi se nourrit de mes pensées, de mes rêves mais c'est comme si j'étais incapable de le mettre au monde ! Quand je l'amène sur la page blanche, ça devient tellement banal ! Et puis, tout a déjà été dit ! À quoi bon ?

— Tout a déjà été dit mais pas par Alice. Le regard que tu poses sur le monde, la façon que tu as de vibrer et de transmettre tes émotions, ça n'appartient qu'à toi. Et puis, être un passeur d'histoires, ça ne peut pas être banal ! Ose ! Ose te tromper ! Ose recommencer ! Où est le risque ? Si ton rêve est d'écrire un roman, va au bout ! Et puis… pense à tes personnages, tu ne peux quand même pas les laisser tomber ! Ils nous ressemblent un peu, non ?

Et il adressa un clin d'œil à Alice.

La jeune femme le regarda. Sa colère s'était diluée dans la tendresse. Ils n'échangèrent plus un mot mais l'air bruissait de toutes leurs pensées.

Un petit garçon rompit leur silence :

— Vous avez vu mon ballon ?

Moïse saisit l'occasion de distraire Alice et le chercha à droite, à gauche, et même dans sa poche mais l'enfant lui désigna le ciel et au loin, un ballon rouge qui se laissait porter par le vent.

— Je l'ai lâché. Il voulait visiter le monde ! dit l'enfant.

34

Un roman érotique

Romeo et Ginette étaient revenus à la fabrique pour y passer la nuit avec Alice et les autres. Dans la cour, un grand carré de ciel noir s'était paré d'étoiles, accrochées comme des notes de musique sur une partition. Romeo venait d'en voir une filer.

— Fais un vœu, lui dit Ginette.

— Je fais un vœu : je veux être Romeo !

— Mais tu l'es déjà !

— Alors c'est bien, elle peut filer, l'étoile !

Moïse arriva, les bras chargés de petits fours et de trois bouteilles de champagne :

— Bon anniversaire !

— Mais c'est l'anniversaire de qui ? demanda Ginette.

— Le nôtre ! répondit Moïse.

— Ah bon ? Et on n'était pas au courant ?

Moïse adorait arriver quelque part et clamer que c'était un jour d'anniversaire. Quand il avait besoin d'une petite attention et d'un verre, il disait que c'était le sien. Quand on ne le croyait pas, il en inventait un : celui de son arrivée en France, celui de son premier bain dans la mer, celui de son premier baiser… Il n'était jamais à court d'idées. Un jour, en arrivant dans un bar, il avait annoncé à haute voix que c'était l'anniversaire d'un type qui traînait là tous les soirs et celui-ci n'eut pas l'idée de le contredire. Des clients irlandais ajoutèrent qu'un anniversaire, ça se fêtait en musique. Au bout de quelques minutes et quelques verres, tout le monde dansait et trinquait et l'homme offrit même une tournée générale, puisque c'était son anniversaire et qu'il l'avait oublié !

Moïse lança en riant :

— Allez, trinquons à l'anniversaire de notre rencontre !

— Mais ça ne fait pas un an ! dit Ginette.

— Et alors ? C'est comme une galette des rois. On la fait quand on en a envie, non ?

— De toute façon, aujourd'hui, j'ai quelque chose à fêter ! annonça Alice en regardant Moïse… mon premier roman ! Il sera bientôt dans toutes les librairies, on se l'arrachera dans les salons du livre et il sera récompensé…, ajouta-t-elle en riant. Plus modestement, j'ai envie d'aller jusqu'au bout et d'y croire. Et je vous promets qu'au moins chacun de vous pourra le lire.

Moïse lui sourit, visiblement ému.

— Un roman ! Un roman érotique ? demanda Ginette.

— Pourquoi érotique ?

— Parce qu'un roman érotique, c'est plein de héros et j'aime bien les héros !

Alice et Moïse ne purent s'empêcher de rire.

— En tout cas, si tu as besoin de personnages, pense à nous ! conclut Ginette, un peu vexée.

— Surtout s'il faut quelqu'un de grand, beau et fort, plaisanta Moïse.

— Dans ce cas, j'espère être digne de mes personnages, répliqua Alice, les yeux pétillants.

Ginette ne releva pas, soudain plus intéressée par les petits fours :

— Mmm ! Ils sont bons. Ils viennent d'où ?

Moïse adressa un clin d'œil à Alice :

— Eh ! on n'apprend pas à un singe à tomber de la dernière pluie ! Il y avait une réception à la mairie et ils avaient oublié de nous inviter.

— Quoi ? Tu es allé voler les petits fours et le champagne à la mairie ? (Alice faillit s'étouffer.) Mais enfin, ils… ils…

— Mais tu as vu le ventre du maire ? J'ai fait ça dans son intérêt ! Avec sa fonction, il est obligé de manger tout le temps : pense un peu à lui, tout de même ! protesta Moïse.

— Mais personne ne t'a reconnu ?

— Tu sais bien, pour eux, un Black, c'est forcément le serveur, alors personne ne s'est étonné de me voir avec un plateau et des bouteilles !

Ginette riait de bon cœur :

— Pourquoi tu me l'as pas dit… je t'aurais accompagné.

— Ah non, je pouvais pas t'emmener ! Le maire avait invité plein de personnalités à boutons dorés, tu serais tombée amoureuse direct et j'aurais dû te ramasser à la petite cuillère.

— Les petites cuillères, dit Romeo, consterné, on n'a pas de petites cuillères !

— T'inquiète pas, grand frère, dit Moïse, on s'en passera.

Alice regarda Moïse, Ginette et Romeo. Elle se sentait bien auprès d'eux. Elle pouvait être elle-même, sans crainte d'être jugée.

— Et si on sabrait la bouteille ? dit Moïse.

— Tu as un sabre ?

— Euh… non mais c'était une idée !

— Moi, je vous l'ouvre, dit Camille qui arrivait, flanqué de JJ, suivi de Charlot, lui-même suivi de son chien.

— Ah, vous avez senti la bonne occase ? dit Ginette.

— Non, on a surtout senti le vent tourner : il paraît que la police va débarquer pour nous déloger, déclara Charlot, impassible.

— La peau lisse, dit Romeo. J'aime bien ma peau lisse quand je suis rasé.

La nouvelle n'étonna personne mais ils pensaient tous avoir un peu plus de temps devant eux. Les bulles de champagne firent pétiller leurs idées et chacun y alla de ses pronostics.

— On va faire des barricades, annonça finalement Camille. On peut enlever les pavés de la cour. Sous les pavés, la plage, la révolution de Mai 68, ça vous rappelle rien ?

— Bien fait ! dit Romeo. J'aime pas les murs, je préfère la plage !

35

Chercheur d'or

Alice reçut enfin le coup de téléphone qu'elle attendait :

— Mamilou, ça fait des jours que j'essaye de t'appeler ! Tu ne pourrais pas répondre de temps en temps ?

— Ne me gronde pas, ou je raccroche tout de suite ! Et puis je t'ai envoyé une lettre.

— Pardon, Mamilou, c'est que je ne suis pas passée chez moi.

— Pourquoi ? Qu'est-ce qui se passe ?

— Ah, j'ai tellement de choses à te raconter : je t'avais dit que le maire voulait fermer mon atelier, eh bien on résiste ! Tous ensemble ! Tu te rends compte ! On a écrit partout sur les murs, on est même passés à la télé !

— Tu sais, ma petite fille, parfois les choses doivent s'arrêter, parce que tout est éphémère. Vouloir s'y agripper à tout prix nous immobilise. Mais sois sûre que si tu le veux, tout renaîtra ailleurs et autrement.

— Mais je ne peux pas tout abandonner. Tu m'as toujours appris à agir selon mon cœur et c'est ici, avec

Moïse, Ginette et les autres que mon cœur bat le plus fort.

— Un peu plus avec Moïse, non ?

— Pourquoi tu dis ça ? Tu ne l'as jamais vu !

— Eh bien justement, je ne vois rien mais je sais lire entre les lignes ! Et dans ta dernière lettre, tu parlais de tout le monde, sauf de lui.

— Pas du tout, je ne suis pas du tout amoureuse !

— Tu te défends très fort pour quelqu'un qui n'est pas amoureux.

Alice entendit le rire de sa grand-mère. Elle adorait ce rire. Il lui évoquait une petite rivière cascadant de caillou en caillou.

— Mais au fait, pourquoi m'appelais-tu ? Tout va bien ?

Il y eut un léger silence puis la vieille dame répondit :

— Oui, tout va bien. Ne t'en fais pas. Prends soin de toi !

Alice garda le téléphone dans la main, l'examinant comme s'il cachait un secret. Après toutes ces années passées auprès de sa grand-mère, depuis la disparition de sa mère, Alice avait acquis comme un sixième sens qui l'avertissait quand quelque chose ne tournait pas rond. Contrariée, elle essaya de rappeler mais personne ne décrocha.

Moïse se rapprocha d'Alice :

— Un problème ? Ton petit ami, peut-être ? Enfin… je ne veux pas être indiscret.

— Indiscret, toi ? Jamais ! lui sourit Alice, amusée.

Moïse ne releva pas et poursuivit :

— Remarque, je m'en doutais bien. Une femme comme toi…

— Quoi, une femme comme moi ? rugit Alice, qui avait mordu à l'hameçon. Qu'est-ce que tu veux dire ?

— Rien… juste qu'une femme comme toi est sans doute très demandée.

— Oui, tu as raison. Et… c'est… une femme que j'avais au bout du fil.

— Ah bon, parce que… tu… aimes les femmes ?

Moïse avait l'air tellement catastrophé qu'Alice eut du mal à garder son sérieux.

— Cette femme-là a de petites lunettes rondes, des cheveux mauves et m'adore ! Et accessoirement, elle a… soixante-seize ans : c'est Mamilou, la grand-mère qui m'a élevée ; mon père était bien trop occupé pour avoir une gamine dans les pattes.

— Ah !

Le soulagement de Moïse était tellement visible ! Alice se moqua du sourire niais qui lui barrait le visage :

— À propos, elle aimerait te connaître !

— Moi, mais pourquoi ?

— Parce que je lui ai dit que tu étais le rasta le plus idiot que j'aie jamais rencontré.

— Normal, t'en connais pas d'autre, répartit Moïse en riant. Et… je peux te poser une question très personnelle ?

— Je croyais que tu ne voulais pas être indiscret ! Mais vas-y toujours !

— Depuis quand écris-tu ?

— Je ne sais pas… J'ai toujours griffonné sur des carnets. Quand j'étais petite, ma grand-mère me disait que dans la vie, il fallait être un chercheur d'or. Elle prétendait que l'on devait regarder le monde comme si un trésor était enfermé quelque part. Et quelquefois, c'est au fond de soi qu'il est caché. Selon elle, chacun a en lui un talent, il faut juste se donner la peine de le chercher. Je ne sais pas encore si le mien est d'écrire mais je cherche. Et le tien, c'est quoi ?

— Le mien ? Quand j'habitais en Martinique, à Tartane, je connaissais un pêcheur. Je le regardais fabriquer son casier avec du grillage et des bouts de bois et l'embarquer sur sa yole. Parfois, il rentrait avec beaucoup de poissons, parfois avec presque rien. Mais dans tous les cas, il revenait heureux. Et moi, mon talent, c'est peut-être d'être heureux.

— Ton père est pêcheur lui aussi ?

— Mon père ? Il est dépanneur mais il ne dépanne que les femmes, si tu vois ce que je veux dire ! Il s'est vite lassé de ma mère et il est parti faire d'autres gosses ailleurs. Il a plein d'enfants, des enfants dedans et des enfants dehors, comme on dit chez nous ! Ce que je connais le plus de lui, c'est sa ceinture. Un ti-punch de trop et les coups pleuvaient. Il a disparu de ma vie pendant plusieurs années et c'était un soulagement. Mais un soir, il est revenu. Il avait l'œil mauvais. Il cherchait la bagarre. Il a dit qu'il n'y aurait qu'un seul homme dans cette maison et il m'a mis une correction. Ma mère a essayé de l'en empêcher et il s'en est pris à elle. J'ai préféré partir. Je venais d'avoir dix-sept ans. J'ai travaillé quelques mois sur le port de Fort-de-France : de temps en temps, je m'arrangeais pour donner un peu d'argent à ma mère. Puis un matin, j'ai entendu la sirène d'un cargo. Sans réfléchir, je suis monté à bord. Je me suis retrouvé en France, seul.

— Et maintenant ? Enfin… je veux dire… tu es toujours seul ?

— Ça dépend des jours…

À son tour, Moïse s'amusa de la tête que faisait Alice.

36

Un feu de joie

La vieille fabrique lançait ses cheminées à l'assaut de la lune.

Camille proposa de faire un feu au milieu de la cour. Elle ouvrit sa boîte à outils, prit son marteau et passa son envie d'en découdre sur une palette qui traînait là. Elle la mit en pièces, ajouta quelques exemplaires de la gazette municipale et fit un feu de joie autour duquel ils vinrent se réchauffer. Le feu les hypnotisa quelques minutes. Ils se sentaient unis par la nuit qui les enveloppait.

Charlot tendit un joint à Moïse qui le refusa :

— Mes ancêtres ont lutté pour enlever leurs chaînes. C'est pas pour que je m'en mette d'autres ! Ma devise : ni shoot, ni shit, ni snif ! Ni dope, ni coke, ni crack ! Ma liberté, c'est ça ma drogue !

Charlot n'insista pas mais reprit les mots de Moïse, juste parce qu'ils sonnaient bien. Il voulait en faire un rap mais il s'emmêla dans les paroles. Ginette essaya de l'aider mais ne fit pas mieux. Tous deux éclatèrent de rire.

JJ vint à leur rescousse. Il en composa un refrain qu'il chanta d'abord doucement puis avec entrain et tout le monde le reprit.

Camille les accompagna en tapant sur un seau. Charlot se déchaîna sur son accordéon. Alice et Moïse échangèrent un regard et se mirent à danser. Romeo les imita. JJ, devant les encouragements, sortit le répertoire de son idole et entonna « Quand la musique est bonne », puis « À nos actes manqués ». Ginette proposa à son tour une interprétation très personnelle, à mi-chemin entre Madonna et Lady Gaga. Quand JJ voulut revenir à « Envole-moi », il n'eut pas le succès escompté. Ils laissèrent le feu s'éteindre et se réfugièrent dans l'atelier. Certains pour y dormir sur des matelas improvisés, d'autres pour parler à voix basse. Puis les conversations se firent plus rares. Chacun voyageait dans ses pensées. Seuls Alice et Moïse disparurent dans la vieille fabrique, avec la complicité de la lune.

37

Pousser les murs

Le lendemain matin, alors que tout le monde était sur le pied de guerre, il ne se passa rien.

— Pas plus de police que de cheveux sur la tête d'un cochon, commenta Moïse.

Camille avait barricadé les issues et ils ne voyaient plus rien de ce qui se passait de l'autre côté mais de toute évidence, personne ne se souciait d'eux. Comme si la vie les avait un peu oubliés.

Ils avaient bien essayé d'écrire mais le cœur n'y était pas. Tous les slogans, toutes les formules avaient été épuisés et leur imagination était à sec. Pas seulement leur imagination mais le réfrigérateur aussi. Ils commençaient à trouver le temps long.

— Puisqu'on n'a rien à manger, dit Moïse, autant déclarer qu'on fait une grève de la faim. Comme ça, les journalistes reviendront parler de nous.

— D'accord mais pas longtemps, un jour ou deux, approuva Ginette, le temps que je perde les chips qui sont tatouées sur mon ventre.

Camille et JJ hésitaient. Alice donna son opinion :

— C'est une décision grave. Je ne suis pas sûre de vouloir aller jusque-là. Et pour tout vous dire, je crois qu'on devrait laisser tomber.

— Quoi ? Tu veux nous lâcher ?

Ginette n'en revenait pas.

— Je ne veux pas vous lâcher, mais toute cette histoire prend une drôle de tournure. À quoi ça rime, tout ça ?

Moïse intervint :

— Tu serais pas en train de nous faire une petite déprime ? Qu'est-ce qui t'arrive ?

— Rien, enfin… je ne sais pas. J'ai beaucoup réfléchi. Est-ce qu'il faut se battre pour des murs ? J'ai l'impression qu'on est des Don Quichotte.

— Qui chotte toi-même, dit Ginette, pas question qu'on baisse les bras. Alors, comme ça, un jour, on nous met là, un jour, on nous jette et nous, on va rien dire ? Si on fait ça, ça signifie que les mots qu'on a écrits, c'est du vent !

Camille approuva. Moïse observait Alice. Il la sentait tendue. Il intervint :

— Je ne crois pas que c'était ce que voulait dire Alice. Tous les mots qu'on a écrits ont été importants pour chacun de nous mais Alice a raison : se battre pour que la mairie nous fasse l'aumône d'une pièce au fond d'une usine, est-ce que c'est un but ? Est-ce qu'on ne vaut pas mieux que ça ? Tu te rappelles, Ginette, quand tu as voulu qu'on écrive sur les murs ? Eh bien maintenant, on va aller plus loin, on va pousser les murs !

— Bien fait, j'aime pas les murs, répéta Romeo.

Alice regarda Moïse avec reconnaissance. Il lui sourit. Elle ajouta :

— Georges Bernanos disait : « Si je recommençais ma vie, je tâcherais de faire mes rêves encore plus grands parce que la vie est infiniment plus belle et plus grande que je n'avais cru, même en rêve. »

— Ça veut dire qu'on peut rêver jusqu'où ? demanda Ginette, impressionnée.

— Jusqu'au bout de la fabrique, jusqu'au bout de la ville, jusqu'au bout du pays, jusqu'au bout du continent, jusqu'au bout du monde, jusqu'aux étoiles, si tu veux ! cria Moïse.

— Moi, quand je rêve, je vois la mer ! dit Romeo.

— Moi, ajouta Alice, j'aimerais seulement aller embrasser ma grand-mère.

— Si c'est grand, la mer, c'est bien aussi, concéda Romeo.

Camille ramena tout le monde sur terre :

— Et la grève de la faim, dans tout ça ?

— On pourrait quand même la faire un petit peu, pour essayer, dit prudemment Ginette.

JJ prit la parole :

— On ne peut tout de même pas céder aussi vite, on n'est pas des lâches.

Et la discussion reprit de plus belle. Pendant ce temps, Romeo écrivait :

« GRÈVE DE LA FIN ».

38

La situation bien en main ?

Les journalistes accoururent dès qu'ils apprirent la nouvelle. La gendarmerie était là aussi et attendait des ordres. Le maire arriva en trombe. Il pestait :

— Quelle tête de mule, cette gamine ! Non mais, je vous en foutrais, moi, des grèves de la faim ! Regardez comment ils ont écrit ça ! Elle n'a même pas été foutue de leur apprendre à écrire sans faire de faute, à ces illettrés ! Mais qu'est-ce qu'ils ont avec cette usine ? Il a fallu que je parle de fermer l'atelier pour qu'ils se mettent tous à devenir fous !

Le capitaine de gendarmerie vint l'informer :

— Monsieur le Maire, d'après les informations dont nous disposons, ils seraient dix individus à occuper les lieux et à faire une grève de la faim. C'est un drôle de type qui se fait appeler JJ qui nous a prévenus. Un paumé, comme eux. Il a dit que la femme, que vous appelez Alice, ferait un communiqué vers 13 heures pour le journal.

Un des journalistes fit un gros plan sur la banderole : « GRÈVE DE LA FIN » et commenta en direct devant la caméra :

— Qui sait ce qui peut se passer dans la tête de ces gens fragiles ? Nous avons appris que l'un d'entre eux devait recevoir des soins régulièrement et une grève de la faim pourrait lui occasionner des troubles. Il est difficile de dire à ce stade si nous pourrons éviter un drame. Nous avons à côté de nous M. le Maire qui a accepté de faire un commentaire : monsieur le Maire ?…

— Nous allons tout mettre en œuvre pour ramener à la raison ces personnes faibles qui ont été malheureusement entraînées dans cette situation par une jeune femme inconséquente, seule responsable de ce qui arrive. Et nous ne céderons pas à son chantage. Je tiens à rassurer mes concitoyens, nous avons la situation bien en main et les gendarmes investiront les lieux si personne ne veut obtempérer. Ces pauvres gens se trompent de combat et dans leur intérêt, nous nous devons de…

Devant la télé du Bar des Héros, grignotant des chips et des cacahuètes, Moïse, Alice et les autres étaient morts de rire. Romeo avait un sourire radieux, il avait posé à côté de lui la pendule de l'atelier et veillait sur elle comme sur un petit animal enfin apprivoisé.

— T'es trop génial, Romeo. C'était ça l'idée et c'est toi qui l'as eu, même si t'as pas fait exprès ! dit Camille.

— Faire la grève de la fin. Se casser avant la FIN : c'est pas beau, ça ? Passez-moi les chips ! dit Ginette.

— Ils sont en train de nous donner des leçons parce qu'on ne sait pas écrire ! Trop fort ! Je voudrais voir la tête du maire quand ils vont donner l'assaut ! Ils s'apercevront qu'il n'y a personne et qu'ils ont fait ça pour rien ! dit Alice. Je suis fière de nous, ajouta-t-elle. Nous enfermer dans notre colère nous aurait épuisés inutilement. C'est notre créativité qui est constructive. Et ça, aucun maire ne nous la confisquera !

Moïse résuma :

— Si j'ai bien compris, tu penses que nous saurons mieux nous défendre avec des mots.

— C'est en tout cas le chemin que nous avons choisi, non ? Et puis, notre force est d'être ensemble !

Ginette acquiesça. Elle comprit que rien n'était fini.

Achille allait de l'écran de télévision à ses drôles de clients et ne savait pas trop quoi en penser. Moïse lui expliqua à sa façon :

— Kok chanté bonnè, mé koukou lévé avan'y, et il consentit à traduire : « Le coq chante de bonne heure mais le coucou se lève avant lui ! On n'a pas dit notre dernier mot ! »

39

Une petite pluie qui tombe sans bruit

Les conversations au Bar des Héros allèrent bon train mais il arriva un moment où chacun dut rentrer chez soi.

Ginette fit un bout de chemin avec Romeo puis alla retrouver son nouveau canari. Camille se hâta de retourner chez elle : elle devait changer les plaquettes de frein de sa vieille camionnette avant d'aller chercher les fleurs qu'elle devait livrer tôt le lendemain matin.

Moïse et Alice se retrouvèrent seuls sur le trottoir. Alice proposa qu'ils fassent quelques pas ensemble. Ils évoquèrent leur demi-victoire. Ils passèrent devant la gendarmerie dont le chantier se terminait. Moïse adressa un clin d'œil à Alice :

— Tu vois, finalement, ils ont préféré peindre les murs en blanc. On a bien fait de garder le bleu pour nous !

Des enfants faisaient du vélo sur le chemin de halage. Des amoureux s'y promenaient. Alice se surprit à ne plus les envier autant. Après tout, aujourd'hui, elle était accompagnée. Elle regarda furtivement Moïse : un visage mince couleur café, des dreadlocks qui rappelaient son île lointaine, des yeux vifs qui la captivaient plus qu'elle ne voulait l'avouer. La jeune femme devint silencieuse. Elle luttait contre des sentiments contradictoires. Elle repensait à la nuit tendre qu'ils avaient passée à la fabrique mais craignait pardessus tout de s'emballer et d'être déçue. Elle garda donc ses distances.

Moïse, lui, ne s'embarrassait pas de telles considérations. Il vivait le moment présent et c'était celui de prendre la main d'Alice et d'y déposer un baiser. Elle ne refusa pas mais ne dit rien.

Moïse sentit sa gêne, il choisit de la taquiner. Il monta sur un banc pour déclamer :

— Avant de t'aimer, je n'avais rien. J'hésitais à travers les choses et les rues. Rien ne parlait pour moi et rien n'avait de nom. Le monde appartenait à l'attente de l'air.

— Pablo Neruda ! Tu n'aurais pas suivi un certain atelier d'écriture, par hasard ? plaisanta Alice pour ne pas se laisser aller à l'émotion.

— Oui, mais il était tellement nul qu'on a préféré le fermer.

— Il paraît que ce n'était pas à cause de l'animatrice mais des participants, en particulier un rasta qui n'était même pas capable de citer un proverbe correctement.

— Notre Amour est comme une petite pluie qui tombe sans bruit mais qui fait déborder la rivière, proverbe africain, en bonne et due forme, dit Moïse avec un sourire éblouissant auquel la jeune femme ne put résister.

Ils continuèrent le chemin, enlacés, puis prirent la rue de la Tourane qui les menait au studio d'Alice.

40

Une liste de petits bonheurs

Alice, Moïse et Ginette avaient décidé que l'atelier d'écriture continuerait dans le Bar des Héros.

Achille, comme à son habitude, avait commencé par marmonner dans sa moustache que chez lui, ce n'était pas la Maison de la Culture et il les avait houspillés parce qu'ils n'avaient pas essuyé leurs chaussures en entrant. Mais tout en bougonnant, il avait balayé d'un coup de torchon les miettes qui recouvraient une table, sa manière à lui de leur souhaiter la bienvenue. Avec sa carrure de rugbyman et son caractère ronchon, Achille avait aussi un grand cœur.

Pour ce premier atelier d'écriture après les événements, ils n'étaient que quatre : JJ était parti donner un coup de main aux Restos du Cœur, Charlot était retourné sur son trottoir comme s'il revenait d'une grande tournée, Camille avait été appelée pour livrer des fleurs à un mariage. Alice savait qu'ils avaient besoin de quelque chose de doux et de réconfortant. Elle lança le sujet de la semaine : « Une liste de petits bonheurs ».

Moïse pensa tout de suite au sourire d'Alice et ce bonheur se suffisant à lui-même, il n'en trouva pas d'autre. Pour une fois, sa page resta blanche mais à l'encre invisible, il y était inscrit tous ses espoirs de partage avec la jeune femme. Ginette lut la liste qu'elle complétait sans cesse :

Trouver un message sympa sur mon portable

Défiler avec la fanfare municipale

Écouter chanter mon canari

Ouvrir un paquet de chips tout neuf

Avoir une copine qui me refile des échantillons de parfum

Descendre mon escalier comme une star à Cannes

Voir la neige tomber

Me réveiller au milieu de la nuit et savoir que j'ai encore plusieurs heures à dormir

Boire une tasse de café avec trois carrés de chocolat

Passer l'aspirateur à minuit pile pour faire croire au voisin que l'immeuble est hanté

Aller me faire coiffer chez mon ancien patron (petit bonheur en liste d'attente)

Voir la mer...

— C'est un grand bonheur, pas un petit ! rectifia Ginette.

Romeo attrapa le mot au vol :

— On va voir la mer ?

Mais il n'eut pas sa réponse parce que Camille venait d'arriver, très excitée.

— J'ai un scoop ! dit-elle, savourant le suspense. Un copain a kidnappé la voiture du maire !

Tout le monde resta stupéfait.

— Attendez, attendez, je vais vous raconter mais donnez-moi une bière d'abord, j'ai la gorge trop sèche pour parler, dit Camille qui avait envie de faire traîner les explications pour avoir son quart d'heure de gloire.

Moïse lui tendit une bouteille.

— Vous savez que le maire a un gros 4 × 4. Je ne parle pas de sa voiture de fonction mais de sa voiture personnelle. Et d'habitude, il la fait entretenir par les ateliers municipaux, à l'œil, bien sûr, sauf qu'en ce moment, d'après ce que j'ai compris, avec les élections qui approchent, c'est lui qu'on a à l'œil : certains aimeraient bien le voir tomber. Et lui, il se méfie, c'est un vieux renard. Mais à renard, renard et demi.

— Il est où le renard ennemi ? demanda Romeo, inquiet.

— J'en étais où ? dit Camille, contrariée. Ah oui, au renard. Donc il a préféré pour cette fois demander à un pote de lui réparer sa voiture, au Black bien sûr !

— Et alors ? Et alors ? demandèrent les autres comme si Zorro allait arriver.

— Eh bien, le pote à qui il a demandé ça, c'est un pote à moi qui travaille dans un atelier d'insertion. Autrement dit, annonça triomphalement Camille, j'ai entre mes mains le destin de Jean-Sébastien de Bézil, maire de Bourgis !

Ginette applaudit. Moïse réfléchit. Quant à Alice, elle regarda Camille avec une pointe d'inquiétude :

— Mais qu'est-ce que tu comptes faire ? Tu ne vas quand même pas lui demander de saboter la voiture du maire ?

— Non, bien sûr, mais tu sais, il y a parfois des petites pannes qui ne se voient pas tout de suite et qui te mettent les nerfs à vif… par exemple, tu ne peux plus baisser ta vitre, tu n'as qu'un phare, ton klaxon reste bloqué, tu perds un enjoliveur, enfin des petits trucs de la vie, quoi…

— C'est quoi un joliveur ? demanda Romeo.

Mais pas plus que tout à l'heure, on ne prit le temps de lui répondre et il bouda un peu.

— Et puis il y a aussi des gens qui sont racistes : le travail au noir, ils n'aiment pas ! ajouta Camille, un petit sourire aux lèvres. Enfin, vous voyez ce que je veux dire…

Ginette adressa un clin d'œil à Alice :

— Je crois bien que Camille vient de faire sa liste de petits bonheurs !

— Des petits bonheurs ? Vous écrivez là-dessus ? Eh ben, attendez-moi, j'ai des choses à dire ! lança Camille qui sortit un crayon de la poche de sa salopette.

Moïse demanda à Achille une tournée générale, à mettre sur son ardoise, précisa-t-il.

— Et depuis quand t'as une ardoise chez moi ? dit Achille. La maison ne fait pas crédit.

— Ah ben, c'est encore mieux si tu nous le donnes cash, répliqua Moïse.

Achille bougonna mais posa cinq tasses à café sur un plateau.

— Si c'est la maison qui arrose, c'est avec du café, mais sans les carrés de chocolat !

Un coup d'œil à la moustache contrariée d'Achille stoppa net le commentaire que Moïse s'apprêtait à lui servir.

41

Une nouvelle gazette

À un arrêt de bus, Moïse trouva un nouvel exemplaire de la gazette. Le maire était en première page, tout sourire, avec en gros titre : « BOURGIS, VILLE DU FUTUR ! »

Il feuilleta rapidement le journal à la recherche d'un article qui parlerait de leur atelier ou de la fabrique : il trouva une page où le maire exposait son projet de réhabilitation. On aurait pu croire que tout Paris allait déménager pour s'installer à Bourgis ! Bientôt, les Champs-Élysées feraient figure de banlieue… Moïse se demanda s'il fallait rapporter ce numéro au Bar des Héros. Comment réagirait Alice ?

Il regarda de plus près la gazette : une autre femme était rédactrice, elle avait dû recevoir les mêmes consignes mais le maire l'avait sans doute choisie plus docile ! La gazette était de la pure propagande, un vrai journal de campagne électorale.

Moïse se rappela les paroles de Camille. *Rien n'est gagné pour M. de Bézil*, pensa-t-il avec satisfaction.

Et il jeta la gazette dans une poubelle.

42

Un hymne à la beauté

Alice relut la lettre de sa grand-mère. C'était un hymne à la beauté. Elle lui faisait cadeau de l'élégance des arbres enneigés, de la mélodie des rivières, de la danse des flammes dans la cheminée. Elle passait du léger au grave, déposant au passage une petite leçon de philosophie. « *Regarde toujours la vie du bon côté, ma petite Alice, parce que d'un côté, il y a la routine qui rogne les ailes, les relations médiocres qui étouffent, les compromis qui mystifient, les certitudes qui immobilisent... Mais de l'autre côté, il y a l'inattendu d'une rencontre, un rêve à poursuivre, et l'amour vrai, celui qui nous grandit...* »

Puis, pour atténuer le sérieux de ses conseils, elle terminait par une charade, comme elle aimait le faire depuis qu'Alice était toute petite :

« *Mon premier donne une note et mon deuxième des pommes et mon tout est à libérer d'urgence.* »

Alice eut beau se creuser la tête, elle ne résolut pas la charade. Elle sourit en pensant à la satisfaction qu'en retirerait sa grand-mère. Elle n'oublierait pas de lui en reparler quand elle irait la voir. Mais elle perçut aussi un signal d'alarme. C'était décidé, elle allait profiter de ces vacances inattendues pour aller à Meyrueis et vérifier que sa grand-mère allait bien. Maintenant qu'Alice n'avait plus de travail, plus rien ni personne ne la retenait. Enfin, presque.

Elle eut une pensée pour Moïse. Elle avait envie de rester près de lui. Mais l'éloignement serait aussi une façon de tester leur relation. De toute manière, elle ne partirait pas longtemps. Quoique parfois, quand l'existence la malmenait, il lui prenait l'envie de retrouver les lieux de son enfance et d'y construire sa vie…

Il lui coûtait aussi d'abandonner l'atelier d'écriture. Il continuait, cahin-caha, au fil des jours. Partir, c'était laisser Ginette, Romeo, Camille… tous lui étaient chers maintenant. Elle pensa que c'était aussi l'occasion pour eux de faire de ce moment d'écriture quelque chose qui leur appartiendrait complètement.

Sa décision était prise. Elle partirait dans les Cévennes. Elle allait l'annoncer au prochain atelier.

43

Des truites arc-en-ciel

Achille avait hérité de la table orange que Moïse avait récupérée, jetée au milieu de déchets, près de la vieille usine. Il l'avait placée au fond de son bistrot, tout en grognant que ce mobilier n'allait pas du tout avec le sien. Mais quand un client s'avisa d'abonder dans son sens, il lui rétorqua que cette table était célèbre et que c'était un honneur que de l'avoir. Avant de la baptiser, Achille hésita entre « la table des Écriveurs » et celle des « Écrivaillons », mais Moïse lui proposa « la table des Écrivices ».

Ginette approuva en faisant mine d'avoir des pinces au bout des bras. Romeo lui jeta un coup d'œil méfiant.

Cette fois, la proposition d'écriture d'Alice était : « Je me souviens… » et la jeune femme écrivit avec les participants. Elle raconta son village, Meyrueis, dont le nom signifiait « la rencontre des eaux ». Elle évoqua le brame du cerf qui l'avait terrifiée la première fois que, petite fille, elle l'avait entendu, elle décrivit les cueillettes miraculeuses de cèpes qui enchantaient ses automnes et les truites qui portaient le nom d'arc-en-ciel…

Il n'échappa à personne, et surtout pas à Moïse, qu'Alice leur délivrait un message à travers ces souvenirs : elle le leur confirma, son départ était proche.

Il y eut un long silence.

Alice répéta, comme pour se justifier, qu'elle devait absolument voir Mamilou.

— C'est quoi une mamilou ? demanda Romeo.

— C'est une mamie qui a besoin de sa petite-fille, commenta Moïse.

Ginette demanda si le village de Meyrueis était au bord de la mer.

Alice fit un petit cours de géographie et leur parla des Cévennes, des rivières et des Causses, des gorges du Tarn toutes proches, du mont Aigoual…

— Chacun sa mer. La tienne est belle, dit Ginette avec envie.

Alice comprenait leur déception et n'osait pas regarder Moïse.

Avec une joie forcée, elle annonça qu'il y aurait quand même un dernier atelier d'écriture.

Mais Ginette, un peu vexée, dit que ce n'était pas sûr qu'elle y participe. Elle aussi voulait partir. Elle en avait bien besoin. Et elle énuméra tous ses tracas. En vrac, elle y mit une convocation au palais de justice, un voisin qui faisait marcher son mixeur à minuit, ses jambes fatiguées qui n'en pouvaient plus de marcher et elle conclut par la nécessité d'un bain de mer.

Ou de rivière, ajouta-t-elle d'un air faussement détaché. D'une parfaite mauvaise foi, elle précisa qu'il ne lui restait plus qu'à décider de l'endroit idéal pour ses vacances. Elle n'était jamais partie en vacances, alors il y avait le choix !

Alice préféra ne pas relever l'allusion.

Moïse ne dit rien mais chercha le regard de la jeune femme.

Romeo, inquiet, demanda :

— Comment on va faire tout seuls ?

44

De l'amour trempé dans l'encre

D'ordinaire, Moïse annonçait son arrivée sur le chantier en sifflant joyeusement. Mais aujourd'hui, il était plus soucieux. L'annonce du départ d'Alice le laissait perplexe. Voulait-elle leur prouver qu'ils pouvaient maintenant écrire sans elle ? Était-elle découragée depuis qu'elle n'avait plus de travail et qu'ils avaient perdu la fabrique ? Préférait-elle quitter définitivement Bourgis ? Et plus que tout, Moïse avait envie de savoir la place qu'il occupait dans sa vie.

Auprès d'Alice, il donnait le meilleur de lui-même. De cela, il était sûr. Elle lui avait beaucoup appris et il lui semblait qu'il voyait le monde autrement depuis qu'il avait rencontré la jeune femme. Il était allé à l'atelier pour des raisons pratiques et y était resté pour des raisons de cœur.

Il ne cherchait plus seulement à faire une pirouette chaque fois qu'un ennui lui tombait dessus. Écrire lui permettait de donner un nom à ses émotions et ne plus être spectateur ou victime.

Écrire, c'était se délivrer de souvenirs comme on enlève une épine.

C'était mettre des pansements sur les égratignures de la vie.

C'était repousser les limites et ne plus se contenter de la réalité. En imaginant un monde plus beau, plus vaste, en transgressant les codes, il se sentait lui-même plus libre. C'était comme s'il faisait entrer plus d'air dans ses poumons. L'écriture l'aidait à mieux respirer. Et même à se déployer.

Et surtout, écrire avec les autres avait créé des liens. Pas de ces liens qui entravent mais de ceux qui engagent, où il est difficile de tricher ou de se retrancher derrière un masque social.

« Les mots que l'on écrit ensemble, c'est de l'amour trempé dans l'encre », disait Alice.

Alice… Il avait beau s'en défendre, il était amoureux. C'était une évidence. Mais pour autant, il n'envisageait pas d'infléchir le chemin de la jeune femme. Même s'il devait souffrir de son absence. Il n'avait rien à lui offrir. Sa bonne humeur et sa foi en la vie ne suffiraient pas. Pour la première fois, il éprouva de l'amertume. Soulevait-on des montagnes avec seulement de l'optimisme ? Il y avait cru mais aujourd'hui, il ressentait douloureusement ses manques.

Un ouvrier l'interpella.

— Eh ! Moïse ! c'est quoi, cette tête ? T'es venu pour nous faire pleurer ou rire ? Allez, au boulot, il faut que tu mérites ton repas. On veut rêver ! Raconte-nous une histoire.

45

Guérisseur de solitude

Pour le dernier atelier d'Alice, au Bar des Héros, ils étaient tous là, même JJ, Camille et Charlot.

Alice leur confirma qu'elle était officiellement inscrite à Pôle Emploi. Rien d'original. Pour faire un pied de nez, Alice proposa cette consigne d'écriture : « Une collection de métiers improbables ». Elle choisit pour cette fois de faire tourner une feuille où chacun notait le métier de son invention.

Personne ne fut en reste, la feuille fit cinq fois le tour avant que le sujet ne s'épuise : la mélancolie de ce dernier moment de partage s'était transformée en une joyeuse émulation.

Ce fut Moïse qui proposa la lecture à haute voix de leur œuvre commune. Tel un tribun du peuple, il monta sur le comptoir, malgré les protestations d'Achille, et c'est de là-haut qu'il déclama :

Sculpteur de mots d'amour
Peintre d'arcs-en-ciel
Dégustateur de mots
Tricoteuse de rêves

Diseuse de bonnes nouvelles
Souffleur de vers (Achille rectifia : Siffleur de verres)
Collectionneur d'étoiles
Magnétiseur pour esprits déraillés
Tisserand d'histoires
Friseur de ridicule
Enfileuse de perles
Nageuse entre deux eaux
Enfonceur de portes ouvertes
Décrocheur de lune
Tailleur de bavette
Tireur de plans sur la comète
Productrice de poires pour la soif
Gardienne de bonne humeur
Alchimiste des cinq sens
Raconteur de salades
Doreur de pilules
Ralentisseur de temps
Adoucisseur de maux
Coupeur de cheveux en quatre
Semeur d'allégresse
Grapheur de tendresse
Sourcière d'espoir
Guérisseuse de solitude
Tombeur à pic
Collectionneur de joyeusetés
Tatoueur de mots tendres
Championne de ricochets.

Il redescendit de la tribune sous les ovations. Un client, qu'Achille avait rabroué, ne put s'empêcher d'intervenir :

— Eh ben ! Sûr que vous ne trouverez pas ça à Pôle Emploi ! Si c'est ce que vous cherchez, vous n'êtes pas près de travailler !

— De travailler, non, mais d'être heureux, peut-être, dit Alice en lui souriant.

Malgré cet intermède joyeux, personne n'oubliait qu'Alice prenait le train quelques jours plus tard. Quand elle les quitta, elle avait le cœur serré :

— Maintenant, vous n'avez plus besoin de moi pour écrire. Vous avez un lieu, une table et des mots plein la tête…

Mais les siens, ses mots, sonnaient faux.

Elle savait bien qu'une page se tournait.

— Merci, dit-elle, la gorge nouée.

C'était le même merci que le premier jour où elle les avait rencontrés mais ce merci-là était gorgé de souvenirs, de fous rires, de délires, de rêves, d'espoirs, de révoltes, de toutes les émotions partagées pendant ces cinq mois. Elle les embrassa puis sortit rapidement.

À travers la vitre, ils la regardèrent s'éloigner. Elle fit un petit signe de la main sans se retourner.

Le ciel, d'humeur sombre, l'accompagna en pleurant.

46

Je suis ta différence

Alice avait profité de ces derniers jours à Bourgis pour imprimer son roman. En le soupesant, elle fut surprise. *Si Romeo était là*, pensa la jeune femme, *il me demanderait pourquoi les mots pèsent si lourd.*

Pourtant, le poids des deux cents pages donnait bizarrement à Alice un sentiment de légèreté. Comme si elle était délivrée d'un engagement, comme si elle s'était acquittée d'une reconnaissance de dette dont il ne resterait que la reconnaissance. Reconnaissance pour ce que la vie lui avait amené, et pour ceux qu'elle avait rencontrés et qui étaient devenus des personnages laissant d'eux une empreinte, comme un tatouage sur une peau de papier.

Alice savait aussi qu'elle devait son opiniâtreté à ses origines cévenoles. Et surtout qu'elle devait tout à l'amour invincible de sa grand-mère.

Elle se percevait comme une alchimiste qui aurait réussi pour la première fois à transformer le plomb en or.

Il faudra que je lui trouve un nom... enfin, un titre... Elle pensait à son roman avec fierté et nostalgie, comme une mère qui voyait partir l'enfant qu'elle avait aidé à grandir. Oui, elle se sentait plus libre et plus forte. Et elle entendait bien le prouver.

C'est tendrement qu'Alice plaça son manuscrit dans son bagage. Par superstition peut-être ou pour que Mamilou soit témoin, elle avait décidé de poster son roman depuis Meyrueis.

Elle s'imaginait passer le printemps auprès de sa grand-mère, l'aider au jardin, nourrir les poules, marcher dans l'eau vivifiante de la rivière, puis revenir et reprendre sa vie là où elle l'avait laissée. Il y a quelque temps encore, elle se serait vue fermant définitivement son studio de Bourgis, ouvrant un petit café littéraire à Meyrueis avec des poèmes au menu, des fleurs sauvages sur les tables et une cardabelle comme un soleil sur la porte. Mais plus maintenant. Elle reviendrait à Bourgis, elle en était certaine. Elle avait juste besoin d'un peu de recul.

À force de se perdre dans les méandres de ses réflexions, elle faillit rater son train et c'est presque en courant qu'elle arriva à la gare. Elle chercha le numéro du quai et c'est là qu'elle les vit.

Romeo fut le premier à s'avancer tant il avait hâte de lui donner son cadeau : il avait découpé un morceau de la banderole qui rappelait leur résistance et l'avait enveloppé avec précaution dans du papier journal.

Moïse cachait son désarroi en disant deux fois plus de blagues que d'habitude mais Alice n'était pas dupe. Au moment où elle monta dans le train, il lui glissa une petite boîte dans laquelle il avait mis un caillou de la rivière, « parce que, selon la légende, les cailloux reviennent toujours d'où ils sont partis », et il l'embrassa.

Ginette ne pouvait s'empêcher d'en vouloir à Alice de les quitter : elle n'avait pas prévu de cadeau pour la jeune femme et en donnant un cake de sa confection, elle insista :

— Tiens, une petite douceur, mais c'est pas pour toi, c'est pour Mamilou.

Camille et Charlot arrivèrent presque trop tard pour le départ. Camille courut le long du train qui démarrait en agitant énergiquement un bouquet de fleurs qui y laissèrent quelques pétales et Alice entendit un air d'accordéon qui réveillait la gare.

La jeune femme eut du mal à repérer sa place. Elle finit par la trouver et constata qu'elle allait faire le voyage dans le sens inverse de la marche. *Comme si le train devait m'arracher de là*, pensa-t-elle. Pourtant, elle savait ce voyage nécessaire. Elle sentait confusément qu'elle avait besoin de l'énergie de ses Cévennes natales. Elle essaya de hisser sa valise trop lourde dans le porte-bagages, en vain. Personne ne lui vint en aide. Elle jeta un coup d'œil à son voisin. Il semblait pris au piège du CAC 40 et des graphiques l'emprisonnaient mieux qu'une toile d'araignée. Il se leva à contrecœur pour la laisser prendre place. Elle s'assit et se promit que s'il engageait malgré tout la conversation, il ne serait pas déçu ! Alice, comtesse de Monte-Cristo, voilà ce qu'elle était ! Échappée d'une geôle gardée par un affreux Cerbère poilu, elle partait à la recherche d'un parchemin… Non, elle lui dirait plutôt d'une voix traînante qu'elle s'appelait Alicia Bovary, elle fuyait une province qui l'étouffait et un mari ennuyeux à mourir. Et elle pousserait un soupir à fendre l'âme. À moins qu'elle ne s'affichât comme Alicia Poliakova, exploratrice d'usines désaffectées… Mais quand elle croisa le regard inexpressif de son voisin, elle préféra coller son nez à la vitre.

Alice adorait voyager. Le voyage, si court fût-il, était l'occasion de prendre un ticket pour l'imprévu. Ces paysages en fondu enchaîné, ces visages nouveaux, ces destinées à imaginer, tout l'enchantait. C'était un peu comme une irruption poétique dans sa vie.

Maintenant, ses pensées flottaient comme une longue écharpe vaporeuse emportée par le train. Elle se plongea avec délices dans une rêverie qui annonçait souvent chez elle les prémices d'un moment de création. Elle laissa d'abord ses pensées se tisser puis s'effilocher, à la manière du paysage, à peine entrevu, déjà disparu. Des images surgissaient sans prévenir : le bateau en papier de Moïse, le premier jour de l'atelier. Le maire bedonnant et sa courtoisie feinte. La façon dont son ex-ami nouait son écharpe. La vieille fabrique assoupie. Le jour glorieux de sa thèse. L'unique fauteuil de son appartement.

Alice prit son roman qui somnolait comme un bel au bois dormant, l'attendant pour s'éveiller. Elle laissa les mots fleurir les pages et s'ajouter les uns aux autres, comme des perles enfilées sur un collier. Elle soupira, se demandant si son roman aurait un jour plus de deux lecteurs, sa grand-mère et Moïse.

Un message qui arrivait discrètement sur son téléphone la tira de ses pensées : « Sais-tu ce que signifie le mot "absence" dans notre dictionnaire : l'absence, c'est quand on se met tous à parler du temps qu'il fait pour ne pas parler de toi mais qu'on voit ton visage dans la forme d'un nuage. » Elle sourit et posa devant elle la boîte de Moïse. C'était tout le contraire de la boîte de Pandore : à peine l'avait-elle ouverte que s'en échappaient toutes les émotions heureuses de partage, de satisfaction, de joie. Elle voyait en sortir, comme des papillons de toutes les couleurs, tous les mots qu'ils avaient écrits, ceux de Ginette faits de confidences masquées, ceux de Romeo qui montaient et descendaient comme des vagues, ceux de Moïse, lumineux comme son sourire, toujours tendres et drôles. Elle osa se féliciter du chemin parcouru depuis son premier atelier, elle avait douté d'eux et d'elle-même mais petit à petit, avec bienveillance, ensemble, ils étaient parvenus à construire des ponts plutôt que des murs.

Elle relut un poème que Camille lui avait offert :

Je ne veux pas d'un grand bonheur
qui me ferait bien trop peur.
Je ne veux pas d'un grand bonheur
qui laisse des bleus au cœur
quand il décide de s'en aller.
Je veux des petits bonheurs
à la taille de mon cœur.
De ces petits bonheurs
qui font les instants frais
et s'en vont sur la pointe des pieds…
M'sieur, m'dame, un petit bonheur, s'il vous plaît !
Une gorgée d'eau fraîche,
la douceur d'une pêche,
du soleil à travers les volets,
des matins couleur café.

Je ne veux pas d'un grand bonheur
qui me ferait bien trop peur.
Je ne veux pas d'un grand bonheur
qui laisse un goût de plus jamais
quand il décide de s'en aller.

Je veux des petits bonheurs
à la taille de mon cœur,
de ceux qui coûtent pas cher,
des petits bonheurs à ma manière.
M'sieur, m'dame, un petit bonheur, s'il vous plaît !
Un gâteau au chocolat tout chaud,
la beauté fragile d'un coquelicot,
un bouquet bien composé,
une solution trouvée aux petits emmerdements,
du pain croustillant.

Je ne veux pas d'un grand bonheur
qui m'envoie ses condoléances
quand il tire sa révérence.
Je veux juste des petits bonheurs
à la taille de mon cœur...

Alice se souvint de retenir cette petite leçon de sagesse et ferma les yeux…

47

Des fois que Dieu existe…

Le cœur n'y était pas.

Moïse et Ginette avaient pourtant bien essayé. Ils s'étaient retrouvés à la même heure que d'habitude, s'étaient installés autour de la table orange, avaient pris leur stylo mais rien n'était venu.

Ils n'étaient que deux pour cet atelier au Bar des Héros : Romeo devait subir des examens à l'hôpital. Camille devait préparer quelques corbeilles de fleurs.

Ginette demanda soudain à Moïse pourquoi cet atelier d'écriture lui manquait.

Comme il hésitait à parler d'Alice et de sa relation amoureuse, Ginette intervint :

— Tu vois, dehors, je vaux pas grand-chose. Dans l'atelier, j'existe. Je peux parler de moi sans qu'on m'écrase.

Moïse, qui ne pouvait s'empêcher de tout ramener à Alice, fit remarquer que c'était grâce à elle si tout se passait bien.

— Charlot, par exemple, n'a plus aucun repère. Il vit dans la rue, il se fait souvent tabasser, insulter, il se saoule pour oublier, il n'a pas de famille, personne pour qui il compte un peu et quand Alice lui a demandé d'être à l'heure à l'atelier, il l'a fait. C'est énorme.

Et Moïse répéta :

— Tout ça, c'est grâce à Alice.

— Oh, toi, t'es vraiment amoureux ! le taquina Ginette.

Il s'ensuivit un moment de silence où tous les deux pensaient à Alice. Moïse aurait voulu être avec elle à Meyrueis. Parler de la jeune femme aurait été le seul sujet d'écriture qui aurait pu l'inspirer.

Ginette n'était pas loin de penser pareil. Elle imaginait Alice au bord d'une rivière. Elle lui en voulait encore d'être partie.

L'humeur était sombre.

— On va pas se laisser couler comme ça, réagit Moïse. Si on peut pas écrire, on n'a qu'à gratter.

— Gratter ? Tu veux qu'on aille gratter ? Mais on est au chômdu ! Personne veut de nous !

— Mais non ! Gratter des morpions ! Au petit bonheur la chance, quoi ! Eh ! Achille ! deux morpions !

— Attends, attends, dit Ginette, il faut bien se mettre d'accord. Si on gagne, on fait quoi avec les thunes ?

Moïse tira sur le lobe de son oreille, signe d'une intense réflexion, et déclara :

— Si on gagne, je prends un billet pour les Antilles, je m'achète une grosse bagnole et je vais faire chier mon père. Je klaxonne jusqu'à ce qu'il sorte de sa case, je lui rappelle qui je suis, je lui dis que je suis bourré de thunes et je me casse en emmenant ma mère : il va être vert ! Et toi ?

— Moi, si on gagne, je fais un gosse. Parce que si j'attends de trouver le père, c'est pas près d'arriver.

J'en veux pas beaucoup. Un seul. Pour qu'il soit tout : le premier et le dernier en même temps.

— T'as pas besoin de blé pour ça !

— Si, comme ça, je pourrai l'élever. Il y a une femme, elle a abandonné son gosse dans un carton.

— Comment tu le sais, tu l'as vu ?

— C'était dans le journal !

— Et tu lis le journal, toi ?

— Ben oui, les titres. C'est dégueulasse de faire ça. L'abandonner à l'hôpital, rien à dire. Mais dans un carton ! Bon, allez, on gratte.

— Attends, dit Moïse, il vaudrait mieux prier d'abord.

— Je crois pas en Dieu.

— Je suis pas sûr non plus, mais il vaut mieux mettre toutes les chances de notre côté. Des fois qu'il existe.

— S'il existe, je veux rien lui demander, rétorqua Ginette. Il n'a jamais rien fait pour moi. Alors, j'ai ma fierté. Allez, prie, moi je gratte.

Avec concentration, Ginette gratta le ticket de son ongle peint en bleu.

Moïse fit un signe de croix rapide et raya le ticket avec la capsule de sa bière.

— Toi d'abord… Alors ? On a gagné quelque chose ? demanda-t-elle.

— Non, rien du tout.

— Non plus ! Achille, t'es sûr que t'as des tickets gagnants ? C'est peut-être une grosse arnaque. Ou alors ça n'arrive qu'aux riches, ceux qui peuvent acheter plein de tickets.

— En fait, c'est pas vrai, dit Moïse.

— Qu'est-ce qui est pas vrai ? On a gagné ?

Moïse entortillait ses locks, un peu gêné. Il se décida :

— C'est pas vrai. Si j'avais gagné, je serais parti en voyage mais pas pour les Antilles. Je serais parti dans les Cévennes.

— Et tu serais pas parti à Meyrueis, par hasard ? Parce que moi, c'est là que j'irais si je partais en vacances.

— Salut la compagnie ! claironna Camille qui venait de faire irruption dans le bar. Eh ben voilà une idée qu'elle est bonne ! Vous pensez y aller à pied ou à cheval ?

— Eh ben c'est ça, le moral était déjà à zéro. Tu nous le mets à moins dix, dit Ginette, vaguement agacée.

— Désolée, je voulais pas ! Bon, je viens écrire avec vous, ça va vous le remonter, le moral ! Alors, c'est quoi le menu du jour ? demanda Camille.

— On n'a pas vraiment décidé, répondit Moïse, mais je propose la liste des trucs débiles qu'on est capable de faire quand on est amoureux. Quand t'es amoureuse d'un homme, tu fais quoi, toi ?

— Moi, rien, dit Camille, mais si je suis amoureuse d'une femme, je fais plein de conneries.

— Ah bon ? dit Ginette que cette révélation passionnait.

Elle aurait bombardé Camille de questions si Moïse n'avait pas dévié la conversation.

— Tu travailles tous les week-ends, Camille ?

— Ben, oui, si je n'ai pas de fleurs à livrer, je donne un coup de main à mon pote garagiste.

— Ah, tu ne pourras pas venir, alors…

— Pourquoi ? Tu voulais m'emmener en week-end ?

Moïse ne releva pas mais ajouta :

— Moi, y a un truc que je serais capable de faire si j'étais amoureux mais je ne sais pas comment vous le dire…

48

Danse entre les parois abruptes

Alice se retrouva sur le quai de la gare de Millau, presque surprise d'être là. Le train l'avait déposée au beau milieu d'une page de son roman et elle avait du mal à reprendre pied dans la réalité. Il fallut deux annonces dans les haut-parleurs avant qu'elle ne réagisse et monte dans le car qui l'emmenait à Meyrueis.

La route s'entortillait comme un ruban qui habillait la jeune femme d'une robe aux couleurs du printemps et lui donnait du rose aux joues. Elle était montée à l'avant du bus pour avoir une vue panoramique. Elle connaissait bien le chauffeur, M. Combemale, qui l'avait vue grandir. Il la salua :

— Ah ben ça alors, la p'tite sauterelle ! C'est bien que tu sois là, ta grand-mère a besoin de toi. Tu penses revenir au pays pour longtemps ?

— Je suis là, c'est tout, répondit Alice en souriant.

Il lui renvoya un regard bienveillant et ne chercha pas davantage à troubler les retrouvailles de la jeune femme avec ses Cévennes. Elle lui rendit une moue de petite fille heureuse. Puis elle lança son regard à l'assaut des montagnes pour y sentir cette émotion si particulière qui l'étreignait chaque fois qu'elle revenait. Ces paysages arides avaient le pouvoir étonnant de l'imprégner de douceur. Les virages l'enlaçaient et la faisaient danser entre les parois abruptes. Elle aimait retrouver ce léger vertige qui l'étourdissait. Quand elle aperçut au loin la maison de sa grand-mère, une excitation joyeuse la fit se trémousser sur son siège. Elle n'eut pas besoin de faire signe au chauffeur qui arrêta son bus sur le bas-côté. Mais elle fut surprise de ne pas trouver sa grand-mère qui la guettait comme à son habitude.

Alice attrapa sa valise et poussa la petite grille, se souvenant mentalement d'y mettre de l'huile. La maison était assoupie sous un soleil timide. Le temps était arrêté. Alice appela :

— Mamilou ! C'est moi, ta pitchoune ! Mamilou !

Alice traversa le jardinet fleuri qui annonçait la maison. Elle répéta :

— Mamilou ! C'est moi !

Jamais jusqu'à aujourd'hui sa grand-mère n'avait raté l'arrivée du bus. Une pointe d'inquiétude piqua Alice.

Elle poussa la petite porte de la maison mais elle résista. Ça aussi, c'était nouveau. Mamilou ne fermait jamais la porte à clé. Alice le lui avait souvent reproché, évoquant de possibles intrusions. À chaque fois, sa grand-mère lui répondait en riant que c'étaient de drôles d'idées, des idées de la ville, et qu'ici personne n'aurait envie de s'en prendre à une antiquité comme elle !

Mais cette fois, la porte était bel et bien fermée et Alice dut contourner la maison pour voir si sa grand-mère était au jardin potager. Peut-être discutait-elle avec ses poules, comme elle aimait le faire. Quand Alice dépassa l'angle de la maison, elle s'arrêta net : le poulailler n'existait plus. À sa place, il y avait un tas de parpaings prêts à l'emploi et une bétonnière. Le jardin si bien entretenu avait perdu plus de la moitié de sa superficie. Il n'y avait plus le petit coin aux aromates où sa grand-mère allait prélever son thym et sa sarriette pour parfumer sa cuisine. Les rangées de salades, de choux, de haricots avaient laissé place à des dizaines de cages à lapins. La lavande avait disparu.

Comment Mamilou avait-elle pu…

Alice se dit que le plus urgent était de savoir où était sa grand-mère. Elle alla frapper à la porte arrière, elle aussi fermée. Elle ne mit pas beaucoup de temps pour trouver la clé sous une pierre et entra.

Sous un vase aux fleurs fanées, elle trouva une enveloppe rose et un mot griffonné dessus.

Elle ouvrit le garage, enleva quelques toiles d'araignées sur le C15 de sa grand-mère et partit aussitôt.

49

Le meilleur des mondes

Ginette, Moïse et Camille s'étaient donné rendez-vous à la nuit tombée. À leur grande surprise, ils constatèrent que Romeo les attendait.

Achille avait accepté de stocker du matériel dans le cellier de son bar en se gardant bien de leur demander de quoi il s'agissait.

— On reprend du poil de la bête, déclara Ginette.

— Où elle est, la bête ? demanda Romeo, inquiet.

— Plus question d'écrire étriqué ! lança Camille en sortant du bar.

Romeo s'exerça à prononcer « écrire étriqué ».

Camille se reprit :

— On ne veut plus écrire à l'étroit.

— C'est bien d'écrire à trois, dit Romeo, déçu.

— Laisse tomber, grand frère. Suis-nous. On va s'amuser.

Ginette n'avait eu aucun mal à convaincre Moïse de son plan. Il avait sa petite idée pour retrouver bientôt Alice et il y voyait une occasion de l'épater.

— Il faut rêver en grand. C'est ce qu'a dit Alice. Le maire a voulu endormir cette ville, nous, on va la réveiller ! Il veut de la consommation, nous on veut de la solidarité et de l'art… et tiens, des arbres aussi ! déclara Ginette.

Pour le moment, ça ressemblait plutôt à une expédition punitive contre tout ce qui rendait la vie fade, grise et consumériste. Armés de bombes de peinture, de rouleaux de papier, de feutres, de punaises et de colle, ils se dirigèrent vers la vieille fabrique qu'ils avaient dû abandonner à son sort. Revoir sa silhouette entourée de palissades leur serra le cœur mais la lune leur adressa un sourire encourageant.

— Au moins, voilà un quartier qui rayonne ! M. le Maire ne va pas être déçu ! ironisa Moïse.

Ensemble, ils tournèrent autour de la fabrique. Ils se répartirent les rôles : Ginette était passée spécialiste incontestée des tags. Camille choisit de l'aider. Moïse décida de s'en prendre aux panneaux publicitaires. Quant à Romeo, ils lui réservèrent le privilège de jouer au facteur et de choisir au hasard quelques boîtes à lettres pour déposer leur courrier d'espoir, comme ils l'appelaient. C'était tantôt une formule d'indignation, tantôt un poème ou encore un seul mot qui, à lui seul, résumait le combat pacifique de Romeo : « Être euReu ». Pour des raisons personnelles, il tenait maintenant au R majuscule au milieu du mot.

Le premier mur qui tendit les bras aux deux femmes eut le privilège d'annoncer leurs intentions : « On n'a pas notre mot à dire ? Alors, on va l'écrire ».

Et un peu plus loin, Camille proposa : « Les murs ont la parole quand on fait taire les hommes. » Ginette crut bon de rajouter « et les femmes ».

Moïse s'attaqua aux promesses fallacieuses des publicités qui annonçaient l'implantation prochaine de quelques grandes enseignes.

— Et dans NOTRE fabrique ! s'indigna Ginette.

Il les recouvrit de slogans : « Mieux vaut une petite voiture et une belle vie que le contraire », « Et si on consommait moins et qu'on vivait plus ? », « Penser ou dé-penser ? », « Faisons l'Amour, pas les magasins ».

Puis plus loin, sur une porte de garage cadenassée, Camille écrivit : « À Bourgis, ensemble et autrement ».

Romeo était un peu perdu.

Ginette lui expliqua :

— On joue à « Et si ».

Moïse précisa :

— Comme quand on était petit et qu'on disait « et si j'étais un pirate ou un chevalier ».

— Je veux bien un cheval, j'ai mal aux jambes, dit Romeo avec espoir.

Ils élargirent le cercle et trouvèrent d'autres murs qui ne demandaient qu'à en voir de toutes les couleurs. Sur une façade lépreuse, ils écrivirent : « Et si on inventait notre ville ? »

Sur une publicité qui invitait à s'acheter des assurances, Moïse colla : « Et si on était les artistes de notre vie ? » et sur une autre qui montrait un homme qui accrochait un collier au cou d'une femme : « Acheter ou aimer ? »

Sur la vitrine d'un magasin d'électronique, Camille osa un : « Partageons et pas seulement sur Facebook ».

Ginette se contenta de : « Ensemble, on va plus loin » collé sur un banc. Et sur un autre : « Avancer avec les autres ». Puis sur le dernier, son préféré parce qu'il avait une vue sur un petit étang où s'ébattaient quelques canards, elle écrivit : « Un Toi pour tous ».

Quand Camille lui fit remarquer qu'il manquait un *t*, Ginette rétorqua :

— Je sais ce que j'écris, c'est un message personnel.

Ils débouchèrent sur une petite place où on ne pouvait que remarquer les affiches électorales du maire. Il y en avait même quatre alignées, au cas où son slogan « Bourgis, ville unie. Agir pour tous » n'aurait pas été compris du premier coup.

M. de Bézil posait, sa femme à côté de lui mais en retrait. Son sourire leur parut toujours aussi méprisant et sa devise était une provocation. Sans même se concerter, il leur sembla évident qu'ils avaient quelques réajustements à faire.

D'abord rajouter une autre femme à ses côtés. Comment ça, il oubliait le rôle de sa maîtresse dans le soutien indéfectible à sa cause ?

Ensuite, mettre un peu plus de vérité dans le slogan.

« Agir pour tous » devint « Agir d'abord pour moi ». « Bourgis, ville unie » se transforma en « Ville d'une seule couleur, sans ceux qui font tache ». Camille estima que ce n'était pas de la diffamation tant le maire s'en était vanté.

Satisfaits, ils continuèrent leurs déambulations qui les amenèrent près de la mairie. Un jardin prétentieux annonçait la bâtisse enflée d'orgueil « comme une grenouille qui veut se faire aussi grosse que le bœuf », déclara Ginette.

— Elle est dedans, la grenouille ? demanda Romeo.

— Non, dedans, il y a un vilain crapaud. Il voudrait faire croire qu'avec des cadeaux et des bisous, il va se transformer en bon prince.

— Je veux bien essayer les bisous, dit Romeo.

Ginette lui prêta une bombe de peinture. Romeo tagua des bouches rouges sur le mur de la mairie.

La nuit était douce et propice aux rêves d'un monde meilleur. Assis sur un banc dans le jardin de la mairie, Camille, Moïse et Ginette riaient de bon cœur devant les élans artistiques de Romeo qui apparaissait puis disparaissait sous le spot qui éclairait le bâtiment.

Mais la quiétude de l'instant fut déchirée par le rugissement de plusieurs motos. Des hommes casqués en descendirent.

Ils se placèrent de telle sorte à ne laisser aucune issue.

L'un d'entre eux les invectiva.

— Regardez qui on a là. Une gouine, un négro et une salope. Alors comme ça, on s'promène ? On sait pas que la chasse est ouverte ?

Camille fut la première à réagir :

— Ah si ! On voit bien que le maire a lâché ses gorilles !

— Mais qu'est-ce qu'elle nous dit, la gouine ? On colle quelques affiches et qu'est-ce qu'on trouve : une bande de bons à rien qui viennent saloper notre boulot.

L'homme s'avança, menaçant.

Camille, qui ne sortait jamais sans son sécateur, fut la première à dégainer.

Moïse et Ginette se préparèrent au combat. Ils savaient que les motards attendaient cette occasion de laisser sortir la haine qui les habitait.

Ginette n'avait que sa bombe de peinture pour se défendre. Elle ne s'en priva pas. De rage, un des hommes projeta violemment la jeune femme au sol. Sa tête heurta le banc et elle resta là, inerte.

Moïse aurait pu profiter de ce moment pour s'enfuir. Mais l'idée ne l'effleura pas. Il jeta un œil à Romeo qui était blotti près de la mairie, terrorisé. Il se réjouit que ces hommes ne sachent pas qu'il était là.

Il s'adossa à un arbre pour faire face à ses agresseurs. Sa souplesse lui permit d'esquiver mais à trois contre un, il n'avait aucune chance. Ils le rouèrent de coups à la tête, dans le ventre jusqu'à ce qu'il s'écroule.

Camille s'apprêtait à connaître le même sort mais le cri déchirant de Romeo immobilisa les motards qui choisirent de prendre la fuite.

Pendant ce temps, la ville faisait semblant de dormir.

50

Manger de la luzerne avec les lapins

C'est dans une chambre de l'hôpital de Mende qu'Alice essayait de comprendre comment le jardin de sa grand-mère avait pu rétrécir. Elle avait du mal à ne pas interrompre Mamilou qui racontait l'enchaînement des faits en agitant son bras perfusé :

— Ma sœur Michèle et moi, on a toutes les deux hérité d'une terre qu'on a partagée et chacune y a fait construire sa maison. On n'a jamais mis de haie entre nos deux jardins. Au contraire, on aimait bien s'y retrouver et papoter, tu le sais bien. Mais à la fin de l'été, son fils Marcel, qui est son héritier, est venu s'y installer avec sa femme, dans l'idée de faire un élevage de lapins. Elle, elle n'est pas du pays mais son avarice est sa carte de visite. Un bout de bois sec ! Oh, je ne t'ai pas parlé d'eux parce qu'il n'y avait rien de bon à en dire ! C'est elle qui a prétendu que le terrain était mal partagé. Et ils ont commencé à grignoter mon jardin. Mais je ne me suis pas laissé faire… !

Ça, Alice n'avait aucun mal à le croire. La suite était prévisible aussi. Depuis quelque temps, une guerre d'usure avait commencé. Une sorte de jeu d'échecs dont les pions étaient quelques choux d'un côté, quelques lapins de l'autre. Chaque fois que le neveu et sa femme avançaient d'une case, ils enlevaient une rangée au potager pour mettre un clapier de plus. Chaque fois, Mamilou rendait aux lapins leur liberté. Sauf que les lapins manquaient cruellement de reconnaissance et qu'ils venaient manger aussitôt les choux du jardin de la grand-mère. Si bien que la partie était nettement à l'avantage du neveu.

Mais c'était sans compter sur le tempérament de Mamilou, qui avait finalement libéré tous les lapins d'un coup et les avait chassés dans le pré avoisinant. Fatiguée par l'effort, elle avait fait un malaise et elle avait dû s'asseoir au milieu du champ. Le neveu n'avait eu aucun mal à convaincre les Urgences qu'il fallait venir la chercher, qu'elle délirait depuis le matin et mangeait de la luzerne avec les lapins. Elle avait essayé de protester mais ses explications vindicatives n'avaient pas rassuré les infirmiers et ils l'avaient emmenée. Pour ne pas la contrarier davantage, ils avaient tout de même accepté qu'elle laissât un mot à sa petite-fille.

— Échec mais pas mat, ajouta Mamilou, la partie n'est pas finie ! Bon, quand est-ce que tu me fais sortir d'ici ?

Alice hésitait entre le fou rire, l'inquiétude et les reproches :

— Mais pourquoi tu ne m'as rien dit ? Tu pouvais me téléphoner, tout de même !

— Depuis quand ma petite-fille ne sait plus résoudre les charades ! Tu as oublié celle de ma dernière lettre ? Mon premier donne une note et mon deuxième des pommes. Mon tout est à libérer d'urgence. La-Pin !

Tu te rends compte que ces pauvres lapins ont dû terminer en cols de fourrure depuis que je ne suis plus là ! Alors, je compte sur toi !

Alice n'eut pas le cœur de lui dire que l'intrusion ne s'était pas limitée au jardin – des meubles avaient disparu. Le neveu et sa mégère étaient sûrs qu'elle ne reviendrait jamais de l'hôpital. La jeune femme prit congé de sa grand-mère et lui promit que dès que le bilan médical l'y autoriserait, elle la ramènerait à la maison. Mais avant qu'elle ne passe la porte, sa grand-mère lui lança :

— Alice, as-tu envoyé ton manuscrit à un éditeur ?

— Je vais de ce pas à la poste !

— Alors, c'est bien vrai, tu as attendu d'être à Meyrueis pour le faire ! Je suis sûre que ça va te porter chance.

— J'en suis sûre aussi.

— Peut-être que tu pourrais me laisser ton cahier pour que j'en aie un avant-goût ?

— Tiens, je te laisse le livre d'Aurélie Valognes, *Mémé dans les orties*, c'est de circonstance, non ?

Et Alice fit un clin d'œil à sa grand-mère.

— Mais pour mon roman, tu devras être patiente ! Il ne faut pas éventer la limonade ! C'est ce que tu me disais quand tu faisais de la limonade de sureau et que je voulais ouvrir la bouteille avant l'heure…

Mamilou sourit :

— Va donc saluer de ma part le séquoia de Roquedols. Tu te souviens, il est magique, cet arbre ! Demande-lui sa protection. Après tout, c'est peut-être un arbre de sa famille qui va se sacrifier pour que ton livre soit en librairie.

51

Le jardin des possibles

Romeo était « euReu ». Et même fier. Depuis que Camille, Moïse et Ginette parlaient de lui comme d'un héros. Grâce à lui, leurs agresseurs s'étaient enfuis et Camille avait pu appeler les secours.

Depuis son lit d'hôpital, Ginette donna une conférence de presse. Les journalistes eurent du mal à tirer d'elle quelques mots cohérents tant elle était excitée de pouvoir raconter leur croisade où il était question de bombes, de motos, de messages et de sécateur. Ils mirent ça sur le compte de son traumatisme.

Le seul regret de Ginette était de passer à la télévision régionale avec un bandeau sur la tête.

— Si mon futur Amoureux me regarde, il va se décourager avant même de me rencontrer, dit-elle à Camille.

— Au contraire, tu vas être tellement célèbre que les hommes vont tomber comme des mouches.

— Ah non, moi je ne veux pas d'une mouche. Je veux un bon gros ours.

Le maire était venu voir Ginette avant les journalistes. Mais elle avait mimé un coma subit. Elle soulevait juste une paupière de temps en temps pour voir s'il était toujours là. Il l'avait menacée :

— Vous ne vous en tirerez pas comme ça. C'est du vandalisme !

Mais Ginette s'était dressée d'un coup, les yeux grands ouverts et fixes et il avait pris peur. Il était vite sorti de la chambre.

Moïse souffrait probablement de côtes fêlées et de contusions, mais il avait refusé d'aller à l'hôpital.

— J'ai l'habitude de panser mes blessures tout seul, avait-il dit.

En réalité, il craignait de devoir payer les soins. Camille et lui rendirent visite à Ginette pour lui raconter la suite des événements.

Camille commenta la situation à sa façon.

— Bourgis est devenu un terrain vague, il n'y pousse que des barres d'immeubles et nous, on veut en faire un verger. Évidemment que ce n'est pas du goût de M. de Bézil… Il n'arrive plus à calmer les esprits. On ne parle que de nous. Pas bon pour lui, ça.

— En tout cas, le maire ne peut rien nous reprocher, dit Moïse, il a dit lui-même qu'écrire, ça ne servait à rien et que les mots c'était du vent. Donc c'est comme si on n'avait rien fait.

Ginette pleura de rire devant la logique de Moïse.

L'enquête mena tout droit aux agresseurs et on oublia les murs bavards. Le maire, en mauvaise posture à la veille des élections, retira sa plainte. D'autant que d'autres mots vinrent fleurir les bancs du jardin de la mairie sans que Ginette, Moïse et les autres puissent en être tenus pour responsables.

Paul Ducloy, l'adversaire du maire, en profita pour contre-attaquer : la culture manquait cruellement à cette ville et il promettait d'y remédier.

Un air nouveau soufflait sur Bourgis.

Camille, emportée par ce doux vent de folie, suggéra qu'ils créent une association culturelle. Elle avait déjà le nom : « Les Haut-Parleurs ». Moïse proposa : « Le Bouche-à-oreille », Ginette : « Le Remue-méninges », puis d'autres noms fusèrent : « Le Jardin des Possibles », « Entre-potes »…

— Le mieux serait de demander l'avis d'Alice, dit Moïse.

À l'évocation de son nom, un silence s'ensuivit.

— Ça fait trop longtemps, non ?

Pendant ce temps, les journaux titraient : « Ils risquent leur vie pour défendre la culture à Bourgis. Et nous ? »

Ginette, songeuse, conclut :

— Avant, je faisais des cauchemars. Maintenant, je fais des rêves…

52

Ça ballotte

À la page 3 du *Petit Lyonnais*, on pouvait lire : « Bourgis, le maire sortant en ballottage ».

Moïse commenta le journal avec Romeo :

— Ça veut dire quoi, « ballottage » ? demanda Romeo.

— Ça veut dire que ça ballotte et que le maire ne va pas tarder à avoir le mal de mer ! dit Moïse en riant.

— Moi je ne voterai pas pour lui, déclara Romeo. Je voterai pour Alice. Et pour toi.

— Tu as raison, Romeo, mais il faudra attendre que je me présente.

— Il va nous rendre notre fabrique ?

— Je crois que la fabrique va continuer à vieillir toute seule. Mais s'il y a un nouveau maire, il acceptera peut-être notre idée d'en faire un lieu de culture.

— La culture de quoi ?

— La culture de ce qui fait pousser des ailes dans la tête, dit Moïse.

— Si Alice était là, ça ne se passerait pas comme ça, dit Romeo.

— Tu as raison, grand frère, il est temps qu'on fasse quelque chose !

53

La deuxième mi-temps

Avant de céder la place à l'été, le printemps s'était mis sur son trente et un. Il encourageait les promesses d'escapades.

Bourgis avait un nouveau maire et Moïse un prétexte pour ramener Alice. Ne sachant pas comment lui demander de revenir, il préféra lui réserver une surprise.

Moïse eut du mal à convaincre Camille de lui laisser sa fourgonnette.

— Désolée, je ne peux pas. J'en ai besoin tous les jours. Qu'on se marie ou qu'on meure, c'est à moi qu'on s'adresse. Priver les gens de fleurs, c'est les priver d'amour, déclara-t-elle.

Finalement, elle succomba plutôt aux charmes de Ginette qu'aux arguments de Moïse et leur trouva un vieux Combi Volkswagen.

— Il n'est pas en bonne santé mais il a l'avantage d'appartenir à un copain porté sur la bouteille et il ne pourra le récupérer que quand on lui aura rendu son permis, et c'est pas demain la veille.

Moïse la remercia et lui épargna des soucis en taisant le fait qu'il n'avait pas le permis de conduire. Il se dit qu'il faudrait ajouter ça à la liste des bêtises que l'on fait quand on est amoureux. Mais il se rappela qu'il s'était essayé à la conduite aux Antilles et il n'était pourtant pas amoureux.

Il officialisa son départ auprès des ouvriers qui avaient terminé de construire la gendarmerie. Il leur promit des cartes postales :

— Les gars, faut que je vous laisse, pour moi la deuxième mi-temps commence !

Il passa prendre ensuite Ginette et Romeo.

Le matin même, Ginette était venue aider Romeo à se préparer parce qu'il n'était pas question qu'il ne soit pas du voyage. Comme Romeo avait fait sa visite hebdomadaire à l'hôpital la veille, elle espérait que personne ne s'inquiéterait de son absence.

Romeo avait choisi dans son armoire un pantalon blanc et une veste bleu marine. On l'aurait cru invité à une remise de diplôme. Il les avait mis comme si c'était la première fois. Heureux, il avait dit à Ginette : « J'ai de la chance, ils sont à ma taille. J'ai même des nouvelles chaussettes et en plus, j'en ai deux. » Quand la concierge l'avait vu passer ainsi vêtu, elle n'en était pas revenue. Son balai au garde-à-vous, elle l'avait vouvoyé de nouveau. Ginette avait fait répéter à Romeo le prénom de la concierge qu'elle avait vu sur la porte et au moment de la saluer, il ne s'était pas trompé.

Moïse dut klaxonner plusieurs fois avant que Ginette ne le reconnaisse au volant du Combi. Elle refusa catégoriquement de s'asseoir à la place du mort et également d'y faire asseoir Romeo.

Malgré les trois places arrière, Ginette entourait de ses bras un énorme sac plastique qui lui servait de valise. Assis à côté d'elle, Romeo. Il n'avait presque rien emporté, à l'exception de sa blouse blanche qui débordait de sa poche et d'un appareil photo qui ne le quittait plus depuis qu'il avait redécouvert à quoi ça servait. Il se sentait investi du pouvoir d'arrêter le temps en figeant pour l'éternité un paysage ou un visage.

Ginette annonça, dans un grand élan d'éloquence, comme il lui en arrivait de plus en plus souvent :

— Après la grève, le rêve ! Une lettre en moins, l'aventure en plus ! On va là où le destin nous attend !

Au bout de cinq kilomètres, Moïse déclara :

— Eh ben, il va falloir que le destin soit patient parce qu'elle a le hoquet, cette bagnole !

Il se rappela que Camille les avait prévenus mais Ginette rassura Moïse tout à fait : elle avait consulté son horoscope qui lui disait que le meilleur restait à venir. Il n'eut pas de mal à la croirc parce qu'ils étaient déjà en panne, malgré l'inscription « Dépann'services » dont se vantait la voiture. Il leur dit de ne pas bouger pendant qu'il auscultait le moteur. Romeo sortit quand même prendre l'air et en profita pour faire une première photo : on voyait seulement les fesses de Moïse et le capot qui avalait le reste. Trente minutes plus tard, après quelques interventions qui relevaient plus de la magie que de la mécanique, le Combi se remit en route.

Romeo prit la deuxième photo de l'expédition : on voyait l'oreille gauche de Ginette, le reste étant dissimulé par son gros sac.

54

Mission secrète

Le trajet s'annonçait long, de Bourgis à Meyrueis. Entre quatre et cinq heures de route. Bien plus que la première estimation de Ginette qui avait calculé avec ses pouces les centimètres sur la carte.

D'autant plus qu'une vitre ne fermait plus et qu'une heure dans le froid en valait deux.

Ils avaient le sentiment d'avancer en dansant : un pas à droite pour aller prendre une photo, un pas à gauche pour trouver une boulangerie, et même parfois un tour complet des ronds-points quand chacun donnait son avis sur la direction à prendre.

À ce rythme, au bout de cent kilomètres, une pause était bienvenue. Ils s'arrêtèrent dans le café d'un petit village. Le patron les regarda comme s'ils avaient mélangé leurs étiquettes, il ne savait pas où les ranger. Le type avec des tresses avait l'air d'une fille, et la fille avec ses gros seins d'une affiche pour la fête de la bière, sans compter le troisième larron qui lui souriait bizarrement comme si c'était la première fois qu'il rentrait dans un café ! Il en avait vu passer des touristes mais jamais dans ce genre-là. Son jugement fut vite acquis :

ils avaient des têtes à ne commander que des sandwiches et il dosa son amabilité en conséquence.

C'était sans compter sur Moïse qui l'appela en lui donnant le nom de bistrotier et, après avoir jeté des coups d'œil à droite et gauche, demanda s'il pouvait lui parler. Il s'éloigna un peu avec lui et lui dit :

— Je vois bien que vous nous avez reconnus, je vous supplie d'être discrets, notre mission doit rester absolument secrète, je compte sur vous.

Et il ajouta, avec un air entendu :

— Je saurai m'en souvenir !

Il accompagna ses paroles d'un geste qui signifiait motus et bouche cousue. Le patron, décontenancé, n'osa pas poser de question et se creusa la tête pour savoir pourquoi il aurait dû les reconnaître. Dans le doute, il prit la commande avec beaucoup d'égards. Il revint vite, le plateau chargé. Troublé, il avait mis les sandwiches dans une assiette, accompagnés de couteaux et de fourchettes. Avec le plus grand sérieux, Moïse s'adressa à Ginette :

— Il faudra penser aux escargots de l'Élysée ; il risque de pleuvoir.

— De pleuvoir ? Parle pas de malheur : mon brushing m'a coûté la peau des fesses. Mon ex-patron ne m'a même pas fait de prix d'ami, fit remarquer Ginette qui fouillait dans son sac et n'avait pas tout suivi.

La conversation énigmatique fit fuir le patron derrière son comptoir. Ginette lui demanda où se trouvaient les toilettes et il la regarda, suspicieux, comme si elle s'apprêtait à poser des micros dans ses W.-C. Il envisagea même de l'espionner à travers le mur mitoyen avec la cuisine mais il n'en eut pas le temps. Il se passait autre chose : voilà que l'autre là-bas se levait pour prendre des photos ! Emporté par un élan artistique très personnel, Romeo s'était pris d'amour pour les fenêtres qu'il photographiait avec une grande concentration.

Du moment qu'il est heureux, pensa Moïse.

Et heureux, ils l'étaient.

Tous les trois.

Tout le long de la route, Ginette s'était émerveillée comme une enfant devant un château, une ferme, une forêt. Elle notait tout sur son « carnet d'étonnement » : des volets bleus + un chien avec un imperméable + une affiche de théâtre + un château perché. Son inventaire à la Prévert ne cessait de s'allonger. Elle promettait d'écrire des pages entières pour raconter tout ça !

Oui, ils étaient heureux.

Ginette tira Moïse de ses pensées. Revenue des toilettes avec un paquet de serviettes en papier généreusement prélevées dans le distributeur, elle commentait sans aucune discrétion les gens qu'elle voyait passer sur le trottoir d'en face : « Tu l'as vu, lui, avec sa barbichette et son sarouel, je suis sûre que c'est un artiste ! », « Non, mais regarde comment elle traîne son gosse ; le pauvre, il n'a pas l'air de s'amuser », et Ginette faisait une grimace au gamin pour le faire rire.

— Arrête, dit Moïse, tu vas nous faire repérer !

Tous les deux éclatèrent de rire tandis que Romeo revenait satisfait de sa collection de fenêtres.

Il était temps de reprendre la route.

Moïse laissa en guise de pourboire une carte de visite. Il en avait toujours des tas dans ses poches, il aimait les ramasser. Celle-ci était celle de « M. Mamadou Dikaboula, voyant médium international, qui aide à résoudre les problèmes les plus délicats et fait revenir l'amour ».

55

Le séquoia, gardien des lieux

Alice était fière d'être l'enfant du pays, l'enfant de ces rivières et de ces montagnes, l'enfant de ce village paisible. Tous les cinquante mètres, elle était interpellée :

— Eh ben, dis donc, c'est la petite Alice que v'là !

— Mais regardez qui vient ! C'est Alice ! Comme t'as changé ! T'es encore plus belle qu'avant !

Alice sourit. Tout était plus simple ici, plus léger.

— Oh ben, ça fait combien de temps ? Deux ans, trois ans, je ne t'aurais pas reconnue !

La jeune femme protesta. Elle venait chaque année mais elle savait qu'elle n'aurait pas le dernier mot : ça faisait trop longtemps, de toute façon.

— Ta grand-mère nous a toujours dit que tu viendrais ici te chercher un mari ! C'est qu'ils sont plus beaux que ceux de la ville, nos p'tits gars à nous ! Au fait, comment elle va, ta Mamilou ? Mieux ? Elle nous manque.

Alice se contenta d'acquiescer pour ne pas avoir à faire la conversation. Elle voulait être seule et laisser ses pensées traverser les ponts bossus, se faufiler dans les ruelles, grimper le long de la vieille tour de l'horloge, glisser avec les truites scintillantes qui, par malice, s'attardaient sous le panneau qui interdisait de les pêcher.

Elle venait d'expédier son roman à une maison d'édition et elle savourait ce sentiment d'être allée au bout de son rêve.

Elle pensa à ces derniers mois. Elle avait mené à bien son atelier d'écriture. Certes, elle était maintenant au chômage mais elle croyait fermement que le chemin parcouru vers les autres et vers elle-même la conduirait là où sa vie serait plus en adéquation avec ses valeurs. *Habiter poétiquement le monde*, se rappela-t-elle.

Alice prit la petite route qui menait au château de Roquedols où la jeune femme avait laissé, enfouis sous la mousse tendre, ses plus beaux souvenirs d'enfance. Chaque année, elle y venait avec sa grand-mère. C'était comme un rituel de retrouvailles. Ensemble, elles goûtaient le bonheur simple de cette promenade. Elles prenaient toutes deux plaisir à identifier les oiseaux, cueillir des fraises des bois, parler du grand séquoia, gardien des lieux ressuscité malgré la foudre, et évoquer des souvenirs comme le jour où Lucie avait retrouvé sa petite Alice, assise dans l'herbe, dégustant des crottes de lapin.

Depuis deux ans déjà, Lucie avait des difficultés à monter les marches qui menaient au pied des tours. Alice faisait alors semblant d'avoir un caillou dans sa chaussure pour faire une halte sur un petit banc.

Alice se souvint qu'elles aimaient parler de tout et de rien, des derniers pots de confiture que Lucie avait faits, du fromage de chèvre qu'il faudrait acheter en passant chez la Mère Arlette, de l'abondance des girolles, de la rivière qui avait débordé, du parc national qui continuait d'alimenter la discorde dans le village, du garde champêtre, M. Mercier, qui avait pris sa retraite. Et doucement, Lucie reprenait des forces au contact de sa petite-fille. C'est toujours d'un pas plus alerte qu'elles faisaient le chemin du retour.

Mais cette fois, Alice était seule.

Au bout d'une allée de marronniers, le château découpait sa silhouette surannée. Elle retrouva le séquoia comme on retrouve un ami. Elle caressa sa peau rugueuse puis s'assit, le dos appuyé contre ce tronc familier qui la protégeait. Avec jubilation, elle ouvrit son nouveau cahier pour y déposer quelques mots.

56

Carnet d'étonnement

Heureux comme un amoureux, Moïse chantait à tue-tête une chanson des Antilles qu'il avait adaptée sans complexe : « Vas-y Moïse, c'est bon, bon, bon… » et les autres reprenaient le refrain. Ils traversèrent l'Aubrac au rythme des îles. Après avoir raté un panneau de direction, ils se retrouvèrent au viaduc de Millau. Une énième halte s'imposait.

Même si Moïse jura à Ginette que le pont existait depuis des années et qu'il était solide, Ginette refusa de s'y aventurer. Elle préféra le regarder depuis le centre d'information. C'est vrai qu'il était beau avec sa voilure déployée. Elle voulut immortaliser cet instant en demandant à des touristes italiens de les prendre en photo. Romeo hésita avant de leur prêter son appareil qu'il ne lâcha pas des yeux.

Pour la première image, Ginette déclara qu'elle n'était pas prête et leur demanda de recommencer.

Pour la deuxième, une poussière l'avait obligée à fermer un œil.

Pour la troisième, une bourrasque l'avait décoiffée.

Pour la quatrième, Romeo avait bougé et Ginette était sûre que sa pose était gâchée.

À la cinquième, les touristes donnèrent une virulente leçon d'italien à Ginette qui en retour les traita de spaghettis trop cuits et de pizzas mal garnies. Elle s'apprêtait à annexer l'Italie à la France quand Romeo s'exclama :

— Oh ! Oh ! Des bateaux !

Il récupéra avec soulagement son appareil photo et tout le monde oublia aussitôt les Italiens. Ginette fit de grands signes aux minuscules canoës qui passaient au loin sur le Tarn.

Rien ne pouvait de toute façon entamer leur bonne humeur très longtemps.

Ginette sortit son carnet d'étonnement pour écrire consciencieusement toutes les dimensions du viaduc. Au moment de partir, Romeo déclara que, finalement, c'est lui qui allait les photographier.

— Mais tu ne vas pas être sur la photo ! dit Ginette.

— Je ne serai pas dessus, je serai dedans, répondit Romeo avec une logique que personne n'eut envie de contester.

Il cadra sur deux paires de jambes et un bout de pont. Et ils reprirent la route.

57

Un délicieux vertige

Le printemps poétisait les vallées. Les rivières caracolaient. Alice ne tenait plus en place. Tous les jours, elle espérait une réponse d'un éditeur même si c'était complètement déraisonnable d'en avoir une sur un délai aussi court.

Pourtant, elle croyait à ce signe pour donner un coup de pouce à sa vie. Le téléphone lui brûlait la main. Elle finit par composer le numéro de Moïse. Lui seul saurait l'apaiser ! Elle fut surprise de reconnaître la voix de Ginette.

— Alice ! Je suis tellement contente ! Moïse ne peut pas répondre. Il double.

— Comment ça, il double ? Il double quoi ?

— Tu doubles quoi, Moïse ?… Il dit qu'il double une Renault ! Mais ça y est, il l'a dépassée.

— Mais vous êtes en voiture ? À Bourgis ?

— Eh ben… c'est mieux si c'est Moïse qui t'explique. Attends, il se gare. Ah, c'est trop bête, la Renault nous redépasse.

— Alice ! Je suis tellement heureux ! J'avais peur qu'au milieu de tes montagnes, tu ne nous aies oubliés.

Alice, j'ai quelque chose à te dire, et je ne sais pas comment te le dire…

Avant qu'il n'ait pu terminer sa phrase, Romeo s'était emparé du téléphone :

— Bonjour Alice ! On est partis en vacances !

— Tu es là aussi, Romeo !

Moïse voulut reprendre le téléphone mais Ginette fut plus rapide que lui.

— Alice, on est là ! Ensemble !

— Mais je ne comprends pas… Vous êtes où ? Passe-moi Moïse !

— Exactement, je ne sais pas, dit Moïse. De là où on est garés, je vois encore le grand pont.

Alice allait de surprise en surprise.

— Un pont ? Mais comment ça, un pont ? Il est comment, ce pont ?

— Ben, c'est un grand pont qui ressemble à un bateau…

— Et… vous faites quoi près de ce pont, dit Alice d'une voix mal assurée.

— Euh… rien… on t'écoute, répondit Moïse, un peu gêné. Je suis désolé, je vois bien que ça te contrarie.

— Non, c'est pas ça… c'est juste que…

— Romeo, attends ! Excuse-moi, Romeo veut…

— Romeo veut aller voir l'océan ? Et vous êtes sur le pont d'Aquitaine ! C'est ça ? C'est bien ça ? cria Alice.

Moïse était déconfit.

— Pas du tout. Te mets pas dans des états pareils. C'est pas si grave. C'est pour toi qu'on est là. C'était mon idée mais j'aurais pas dû…

Alice resta sans voix. Toutes ces coïncidences la bouleversaient. C'était comme un étrange et délicieux vertige. Dans son roman, elle les avait imaginés embarqués dans une folle équipée qui les amenait au bord de l'océan Atlantique et voilà que la réalité se glissait dans la fiction. Une sorte de fondu enchaîné où les images se superposaient. L'écriture avait-elle le pouvoir de créer le réel ? La voix de Moïse lui paraissait lointaine et elle mit quelques instants à intégrer ce qu'il lui disait :

— Tu sais, on a emprunté une voiture à un copain de Camille pour quelques jours seulement et je ne connais pas le pont d'Aquitaine. On ne va pas au bord de la mer. On va… à Meyrueis. Alice, on a besoin de te voir. Tu nous manques.

Alice ne sut dire si elle était soulagée ou déçue de reprendre pied dans le réel.

— Tu sais quoi, Moïse, pendant un moment, j'ai cru… c'est idiot… j'ai cru entrer dans mon roman… c'était si étrange.

Ginette intervint.

— Alice, on est comme qui dirait en cavale… on a fait des choses… vaut mieux qu'on te raconte quand on te verra…

Alice assura qu'ils étaient les bienvenus. Elle leur dit de venir directement, sans s'arrêter. Elle leur donna rendez-vous au village, au pied de la tour de l'horloge.

58

Livraison de tendresse

Alice était impatiente de les revoir tous, et Moïse un peu plus. Chaque voiture qui entrait dans le village la faisait bondir.

Et pourtant, ils réussirent à la surprendre. Moïse avait abandonné le Combi sur un emplacement réservé aux livraisons. Ils avaient sauté de la voiture pour entourer Alice et lui livrer toute une cargaison de rires et d'exclamations joyeuses. Elle les embrassa chaleureusement en retour. Bien sûr, Moïse eut droit à un traitement de faveur.

La veille, Mamilou était sortie de l'hôpital et elle n'était pas la moins impatiente de les rencontrer. Alice n'eut pas besoin de faire les présentations ; Mamilou s'adressa à eux par leur prénom. Alice avait tellement parlé de son atelier dans ses lettres que sa grand-mère avait l'impression de les connaître tous depuis longtemps ! Évidemment, elle scruta plus particulièrement Moïse.

— Est-ce que le jury t'a mis une bonne note ? demanda Alice pour les taquiner tous les deux.

Devançant les questions d'Alice, Ginette lui dit de ne pas s'inquiéter : ils avaient tout prévu. Elle avait trouvé dans une brocante deux tentes et des sacs de couchage. Elle montra les cartons à l'arrière du véhicule. Elle précisa même :

— En fait, on rend service. Le Combi ne bougeait plus. Alors, on lui fait prendre l'air !

59

Hold-up

C'est Ginette qui frappa à la porte.

— C'est pour le déménagement !

— Le déménagement ? Quel déménagement ? On déménage pas ! Vous êtes qui, vous ?

La femme entrouvrit la porte et appela aussitôt son mari :

— Marcel, il y a une drôle à la porte ! Elle dit qu'elle veut nous déménager ! Ramène-toi !

Un homme sec et moustachu s'approcha, l'air suspicieux. C'est alors que Moïse et Romeo arrivèrent à leur tour.

— Vous êtes bien M. et Mme Germain ? demanda Moïse.

— Ben, ouais, c'est nous, dit l'homme qui les regardait tous les trois en se demandant s'il devait décrocher le fusil.

La chasse n'était pas ouverte, il n'était pas chargé : c'est peut-être ce qui l'en dissuada.

— Et vous êtes qui, vous ? Je vous connais pas ! Et votre bagnole, c'est pas un camion de déménagement !

C'est quoi, c't'arnaque ? Qu'est-ce que vous venez faire chez moi ? aboya-t-il.

— Et moi, tu me reconnais ? dit Alice, en s'avançant calmement. Je suis peut-être partie trop longtemps ! Ta mémoire flanche. Je suis la petite-fille de la vieille dame que vous êtes en train de dépouiller. Ça y est, je vois que tu te souviens de la famille… Cousin Germain !

L'homme échangea un regard avec sa femme, hésitant sur la conduite à tenir. Mais il n'eut pas vraiment le temps de s'interroger, Ginette le poussa contre la porte et entra :

— Pardon, m'sieur-dame, mais c'est qu'on a du boulot ! Alors, on a dit : une commode et un confiturier… ah ben, c'est dommage… vous allez les mettre où, vos confitures… ah ! c'est pas de chance, toute votre petite déco est tombée par terre… on m'a toujours dit que j'étais maladroite !

Profitant de l'effet de surprise, Moïse, Romeo et Alice rentrèrent à leur tour pour prêter main-forte à Ginette. Moïse ne put s'empêcher d'ironiser :

— Chez moi, on dit « kontan we zot » quand on est content de voir la famille !

Alice ajouta :

— Quand on aura remis les meubles en place, on vous invitera à boire le café ! Entre… voisins !

Pendant ce temps, Romeo s'était mis en tête de photographier la « cousine » qui poussait des petits cris effrayés et essayait de lui échapper.

— Fais quelque chose, mais fais quelque chose ! criait-elle à son mari.

Mais quand celui-ci voulut s'en prendre à Ginette, Romeo, en souvenir de ce qui avait fait de lui un héros, poussa un hurlement qui pétrifia le cousin et sa femme. Content de lui, il se tourna vers Ginette qui le félicita.

Le cousin, prudent ou lâche, ne se sentit pas de taille à résister à une petite bande de justiciers aussi déterminée. Il laissa sortir le mobilier de la vieille dame, donnant même des conseils pour lui faire passer la porte plus facilement.

— Ça s'appelle du remords ? Ou de la trouille ? dit Alice.

Romeo fit une dernière photo des cousin-cousine abasourdis sur le pas de leur porte. Moïse leur asséna un proverbe à sa sauce, histoire de les embrouiller un peu plus : « Rien ne sert de pourrir, il faut mûrir à point. »

Le « hold-up » n'avait pas duré plus de quelques minutes. Le mobilier embarqué dans le Combi, Alice fit un signe de la main pour dire adieu. Moïse lança le signal pour une chanson de Bob Marley, aussitôt reprise en chœur : « Get up, stand up… » Emporté par le rythme de la chanson, Moïse contourna le jardin un peu trop vite, la voiture fit une embardée et s'arrêta brutalement devant la maison de la grand-mère d'Alice. Elle les attendait et les remercia, les larmes aux yeux.

— Notre devise, c'est : avec nous, ça déménage ! plaisanta Ginette.

Alice lui relata la façon dont s'était déroulée leur intervention. Romeo résuma les faits à sa façon :

— Ils ont fait des grimaces sur les photos !

Ils furent tous d'accord pour fêter ça.

Mamilou s'effaça pour qu'ils puissent descendre les meubles mais Moïse avait sa petite idée :

— On va d'abord s'offrir un kif !

— Un quoi ? dit Mamilou.

Pour toute réponse, Alice lui adressa un clin d'œil et ils embarquèrent la vieille dame dans la voiture.

Ils passèrent d'abord au village faire quelques courses. Ginette en profita pour acheter des cartes postales. Elle les voulait toutes. À contrecœur, elle n'en choisit qu'une dizaine. Elle sortit de son sac un sachet plastique et aligna sur le comptoir toutes les petites pièces d'un et deux centimes qu'elle ramassait depuis longtemps :

— Je les gardais pour les grandes occasions et j'ai bien fait ! dit-elle à la vendeuse consternée.

Pendant qu'elle comptait la monnaie, Ginette eut le temps de lui détailler à qui elles étaient destinées. Elle ajouta une dernière carte qui montrait tout le village avec ses trois rivières qui se rencontraient et sa tour crénelée :

— Celle-ci, je vais l'envoyer à mon amie Camille, celle-là à Charlot. C'est pas grave s'il n'a pas d'adresse ? Celle avec l'aigle à JJ. Vous ne connaissez pas ? C'est une célébrité. Il chante trop bien ! Celle avec l'âne, je vais l'envoyer à l'ancien maire de ma ville et celle-là au patron du salon de coiffure qui dit qu'on n'a pas besoin de congés quand on ne travaille pas ! C'est celle avec les moutons. Il va aimer, ils ont les cheveux frisés ! Et celle-ci où on voit tout Meyrueis d'en haut comme si on volait, c'est la plus belle et je vais me l'envoyer. Quand je la recevrai, ça fera comme si je repartais en vacances !

Quand elle revint, Moïse était en train de raconter à Alice et Mamilou leurs aventures. Ginette y ajouta quelques exploits, retraça son séjour à l'hôpital « où le maire en personne était venu pour m'achever » et décrivit la tête de Moïse « aussi grosse qu'une pastèque ».

60

Pélardon et tarte aux myrtilles

Le mobilier entassé à l'arrière du Combi encaissait tant bien que mal la conduite de Moïse qui traversa le village comme s'il avait une livraison urgente à faire ou la police à ses trousses, ce qui aurait pu être le cas. Le jeune homme abordait les virages comme s'il s'agissait de les aplatir pour en faire une ligne droite. Alice jeta un coup d'œil inquiet sur le chargement. Moïse s'excusa et ralentit l'allure : tout le monde poussa un soupir de soulagement et Alice put profiter du répit pour lui donner une leçon de vocabulaire :

— Oublie le créole, ici les virages en épingle s'appellent des tournaillasses. Et ces terrasses bâties de pierres sèches, ce sont des bancels, ça permet de cultiver malgré la pente et quand on voit des moutons, ici on dit : « Tant vaut le berger, tant vaut le troupeau… »

— Et qu'est-ce qu'on dit quand on voit un Antillais perdu ? Parce que jusqu'à maintenant, il n'y avait qu'une route, alors je ne m'en sortais pas trop mal mais là…

— Alors, de ce côté, tu vas vers le mont Aigoual et de l'autre, tu remontes la rivière.

— La rivière qu'on appelle le « Bonheur » ! précisa Mamilou.

— Alors, c'est par là qu'on va ! lança Moïse.

Romeo approuva comme il aurait approuvé s'ils avaient choisi l'autre route. Une vingtaine de minutes plus tard, la rivière les avait conduits au bord d'un lac, le lac du Bonheur, évidemment. Elle s'y jetait par petits bonds joyeux, passant sous deux jolis ponts de bois avant de se prélasser en un lac paisible, pour ensuite s'échapper, ragaillardie. Plus bas, elle disparaissait avec malice dans un abîme pour resurgir en cascade, avec le meuglement que ferait un jeune veau, ce qui lui avait valu le nom de Bramabiau en patois cévenol.

Moïse repéra une table en bois et sortit les provisions. Ginette insista pour descendre aussi le confiturier « pour que Mamilou se sente comme chez elle ». Ils sortirent du sac les saucisses aux herbes et Moïse fit un feu. Bien sûr, Romeo immortalisa l'instant : il photographia les saucisses. Moïse avait accepté de les faire cuire, mais refusa de les manger :

— Non merci, pas de cadavre pour moi ! Je fais partie des herbivores. Ils sont plus cool, ils ne passent pas leur temps à vouloir s'en mettre un autre sous la dent. Je ne veux pas être un prédateur !

Ginette le félicita la bouche pleine et engloutit une saucisse en deux secondes. Les grillades étaient délicieuses. Le pélardon et la tarte aux myrtilles en firent un repas inoubliable.

Alice regarda Moïse. Debout sur un rocher, il observait le vol d'un vautour et le mimait en retour. Il sentit son regard et lui renvoya un sourire complice. Avec lui, le présent reprenait son sens de cadeau et chaque jour était une surprise. Et Alice s'avoua que ça lui convenait bien.

Ginette interrompit leur conversation silencieuse en déclarant :

— Et si on allait au bord de la mer ? De toute façon, une fois qu'on a les pieds dans l'eau, la mer ou un lac, c'est pareil, non ?

Romeo, gentiment, acquiesça et donna le signal en enlevant avec précaution ses chaussures et ses chaussettes qu'il aligna consciencieusement au pied d'un arbre. Mais le froid l'empêcha de glisser plus qu'un orteil.

Ginette et Moïse commencèrent un concours de ricochets, l'occasion surtout d'éclabousser Alice qui riait. Puis Ginette partit en quête d'un coin pipi dans la forêt et revint, ravie, avec un champignon.

— Aussi beau que dans les livres d'école, dit Ginette.

Alice l'avertit qu'il était vénéneux et le lui fit jeter aussitôt.

— La preuve qu'on peut être beau sans être bon, conclut Ginette, en l'achevant à grands coups de talon.

Puis elle ajouta que si elle n'écrivait pas les cartes postales tout de suite, elle n'aurait plus assez de place pour raconter tout ce qui lui arrivait. Et elle s'attabla.

Moïse la dissuada d'écrire à l'ancien maire. Ginette se fâcha :

— Qu'est-ce que tu crois ? Que je vais lui dire tout ce qu'on a fait ?

Moïse n'insista pas, Ginette haussa les épaules, offusquée, et commença un marathon d'écriture. L'histoire des vacances de Ginette se poursuivait d'une carte à l'autre si bien qu'il fallait prévoir une réunion de tous les destinataires s'ils voulaient en connaître tous les épisodes.

Romeo, ravi, regarda le lac, les montagnes et prit une carte où il écrivit simplement :

— C'est beau la grand-mer !

61

Un peu de vent dans les branches

Mamilou dormait paisiblement. Alice ouvrit silencieusement la porte vers le jardin. Elle se rappela les soirs où, adolescente, elle s'échappait pour aller danser chez Jeannot, à l'Amélanquière. Sa grand-mère n'était pas dupe et lui laissait généralement deux heures de liberté avant d'aller la chercher.

Cette fois, Alice allait retrouver Moïse. Il avait prévu de dormir dans le Combi Volkswagen garé au bord d'un champ. Mais il espérait bien la visite d'Alice. Il faisait froid, un peu de givre dessinait déjà quelques arabesques sur les vitres de la voiture. Alice toqua à la vitre. Moïse lui sourit et lui fit une place. Il l'invita à se blottir dans ses bras. Ils restèrent un moment sans parler. Mais les ondes qui les parcouraient en disaient plus long que n'importe quel discours.

Ce fut Alice qui interrompit ce voyage immobile. Elle avoua à Moïse qu'elle avait eu besoin de cet éloignement pour le retrouver, qu'il comptait pour elle mais qu'elle ne savait pas encore ce qu'elle voulait faire de sa vie.

— Normal pour un écrivain de faire le point, plaisanta Moïse.

Puis il regarda intensément Alice :

— Tu sais, le passé a disparu dans l'eau de la rivière. Et le futur, c'est juste un peu de vent dans les branches. Ce moment est le seul qui compte. Tu es dans mes bras et ton parfum de vanille me rend heureux. Ne force pas les réponses à tes questions. Elles viendront naturellement. Laisse juste la porte ouverte…

Alice se serra plus fort contre lui. L'émotion et le froid la faisaient grelotter.

Puis Alice dit en riant :

— Mon premier petit copain était très souple. Il arrivait à escalader le pommier et à se hisser jusqu'à la fenêtre de ma chambre.

— Personnellement, je préférerais passer par la grand-porte. Mais je crois que c'est mieux si Mamilou dort…

La jeune femme rit et l'entraîna vers la vieille maison assoupie.

Quand Alice descendit le lendemain matin, sa grand-mère avait déjà mis cinq bols sur la table. Elle adressa un clin d'œil à sa petite-fille :

— Moïse préfère du café ou du thé ? Puisque tu vas aller chercher Ginette et Romeo, ramène-nous du pain. Moi, j'ai deux mots à dire à ce Moïse…

Et elle fit mine d'être fâchée.

Si le bonheur ressemble à un ciel de printemps dans les Cévennes, aucun doute, les jours qui suivirent furent des jours heureux.

Romeo photographiait tout ce qui, auparavant, le laissait perplexe comme si les images avaient le pouvoir de lui apporter des réponses et de lui révéler des secrets. Il se passionnait pour la forme d'un nuage ou pour une goutte de rosée en équilibre au bout d'une feuille. Et cette quête de beauté l'apaisait.

Ginette connaissait déjà la moitié des habitants du village. La liqueur de châtaigne n'avait plus aucun secret pour elle et elle savait par cœur le nom de tous les fromages de chèvre.

Entre deux escapades amoureuses avec Alice, Moïse parlait de Bourgis et de son nouveau maire. Il ne lui avait pas été difficile de convaincre la jeune femme de revenir avec eux.

Alice annonça sa décision à sa grand-mère qui approuva.

— On ne peut pas se plaindre de ce qui ne va pas et rester les bras croisés. C'est là-bas qu'on a besoin de toi, Alice !

La jeune femme proposa à sa grand-mère de venir vivre près d'elle. Mais sa réponse fut sans appel :

— On ne déracine pas un vieil arbre.

Le retour sur Bourgis fut joyeux. Ils discutèrent des derniers événements et des projets qu'ils faisaient pour leur ville.

Romeo, de son côté, résuma la situation :

— Vivre, c'est quand même bien, dit-il.

Alice pensa que lorsqu'ils avaient choisi d'aller à cet atelier d'écriture, neuf mois auparavant, ils ignoraient où la vie les emmenait. Maintenant, ils inventaient pas à pas le chemin qu'ils voulaient suivre.

62

Ensemble

C'était la première fois qu'ils se retrouvaient ensemble depuis le retour de Meyrueis. Seul manquait Charlot. Il avait dû traverser la ville pour trouver un vétérinaire qui acceptait de soigner son chien en échange d'un air d'accordéon.

Camille et JJ s'étaient empressés de se joindre au groupe et, au Bar des Héros, Achille les avait accueillis en se fendant de quatre alexandrins qu'il avait mis des jours entiers à composer. Alice déposa un baiser sonore sur sa joue et Moïse plaisanta sur « le talent d'Achille ».

Camille proposa qu'Achille se joigne à eux pour cette « nouvelle assemblée des Jongleurs de Mots ». Achille frisa sa moustache, signe d'une satisfaction à peine dissimulée. Il était heureux de se sentir appartenir à ce petit monde de poètes mais jamais il ne l'aurait avoué. D'ailleurs, pour mettre un terme à toute émotion, il les rabroua « parce qu'ils n'allaient tout de même pas partir et revenir comme ça sans prévenir ! Un jour, menaça-t-il, il y aura des clients sur votre table, vous verrez » ! Pour le moment, il n'y avait personne d'autre qu'eux dans le bar.

Ginette ne se laissa pas impressionner par un Achille bougon et l'entraîna vers le comptoir pour lui raconter l'épopée de ses vacances à Meyrueis. Camille, qui l'avait entendue une bonne dizaine de fois, sans jamais pouvoir démêler le vrai du faux, l'arrêta immédiatement en lui rappelant que la table orange se languissait de les revoir.

JJ y était déjà attablé et se trémoussait sur sa chaise. L'annonce qu'il voulait faire le rendait nerveux.

Alice attendait que cette effervescence des retrouvailles se transforme en matière. Une matière vivante, inattendue, et pourtant espérée car elle savait que de leur complicité allaient naître des graines de mots qui féconderaient leur futur.

Camille, de sa voix tonitruante, demanda à chacun de prendre place.

Alice constata avec satisfaction qu'elle n'était plus seule à prendre l'atelier en main mais que chacun faisait sa part. Romeo qui, lui, n'avait pas encore saisi le changement, s'adressa à Alice pour lui demander comme à son habitude :

— Qu'est-ce qu'on écrit ?

La proposition vint de Moïse, il lança le thème qui se résumait à ceci : « Un jour… »

Ginette hésita quelques instants puis se lança dans le récit d'une vie où le voyage n'est plus celui qui nous éloigne mais celui qui nous rapproche. Elle évoqua l'épicier tunisien qui lui avait décrit la douceur du sable dans le désert et la fraîcheur d'une oasis.

— Un jour, je rapprocherai les continents grâce à ma cuisine, conclut-elle.

Elle posa son crayon, un sourire aux lèvres.

JJ osa présenter son projet. Il avait décidé d'écrire lui-même ses textes de chansons et voulait l'annoncer au groupe. Il en avait d'abord parlé à Charlot, heureux de l'accompagner avec son accordéon. Il raconta ces moments d'excitation joyeuse où chacun créait grâce à l'autre. Ils se retrouvaient dans un jardin public, sous l'ombre protectrice d'un platane. Et Charlot oubliait de boire. Et pourquoi pas, un jour, monter sur une scène, conclut timidement JJ. Quand il reçut de francs encouragements de tous ceux qui étaient présents autour de la table, il toussota pudiquement pour ne pas montrer à quel point il était ému qu'on croie en lui.

Romeo alla chercher au fond de sa mémoire embrumée des mots qui l'aideraient à ne pas s'enfoncer dans le marécage de ses souvenirs et il écrivit sur la page tout entière : « Un jour, je serai moi. »

Le texte de Moïse pouvait se résumer ainsi : un jour, il irait chercher sa chance plutôt que de l'attendre. Il se sentait capable de déplacer des montagnes. Et il conclut par une pirouette : pas envie de rester plus longtemps le cul entre deux fesses !

Alice, quant à elle, raconta ce qu'elle avait ressenti quand un éditeur avait refusé son manuscrit. D'abord l'impression que l'avenir qu'elle s'était imaginé n'était qu'un château de cartes vite à terre, le sentiment d'un vide que rien ni personne ne pouvait combler, puis le découragement et le renoncement. Elle raconta qu'elle revenait du marché le jour où la lettre de refus était arrivée avec son manuscrit en retour. Elle avait lâché tout son panier pour décacheter l'enveloppe. Et elle était rentrée chez elle si bouleversée qu'elle avait rangé dans le frigo la lettre comme les légumes.

Puis le désir d'écrire avait repris le dessus. Et elle conclut par :

— Et pourquoi pas, un jour, l'envoyer dans une autre maison d'édition ?

Camille écoutait d'une oreille distraite. Sans relever le nez de sa feuille, elle dit à Alice :

— T'inquiète, ma grande, tes personnages ont des ressources ! Ils vont t'aider !

Puis elle replongea dans son texte avant de le partager :

C'est comme ça que je suis faite
Ça n'a pas toujours été ma fête
Pas la bonne étiquette
Pas le bon code-barres
J'étais la honte, j'étais la tare
J'ai d'abord courbé le dos
Sous tous les noms d'oiseaux
Souvent j'ai pris des coups
Parfois je les ai rendus
Mais un tabou n'est jamais vaincu
Puis je vous ai rencontrés
Vous êtes un phare dans ma tempête
Nos rendez-vous sont mes fêtes
Vous m'offrez vos rêves et vos doutes
Votre force et votre écoute
Et à vous, je peux le dire
Un jour
Je vivrai l'Amour au grand jour
Peut-être même que j'aurai un enfant
Je serai un peu son papa, un peu sa maman.

Alice regarda Camille, les larmes aux yeux.

Moïse et Ginette se levèrent ensemble et prirent Camille dans leurs bras. Elle protesta pour la forme, prétextant que sa salopette était pleine de terre.

Achille, visiblement ému, proposa une tournée générale.

Romeo louchait depuis un moment sur le gâteau que Ginette avait préparé pour leurs retrouvailles. Mais soucieux de bien appliquer la consigne donnée par Moïse, il dit timidement :

— On pourrait manger… un jour ?

Épilogue

Qu'en dites-vous, mam-zelle ?

Quelques mois plus tard...

Camille avait terminé de préparer le Combi Volkswagen. Romeo avait déjà bouclé sa ceinture et comme chaque fois, il était ravi de partir en voyage, même si en l'occurrence, ils n'allaient que quelques rues plus loin. Ils n'attendaient plus que Ginette.

— C'est prêt ? On peut charger ? lança Camille.

— Attends, répondit Ginette, j'ai goûté, il manque une touche de persil et un soupçon de curcuma à ma soupe.

— Une touche, un soupçon, t'es pas en train de te prendre pour Bocuse, quand même ?

— Ben quoi, c'est pas parce qu'on est pauvre qu'on n'a pas le droit de rêver. Ma soupe s'appelle « potage pour une nuit de paix ».

Camille éclata de rire et mima une déflagration de pets bien gras.

— Rigole… je n'ai pas mis que des haricots. Le cuistot du restaurant « L'art des mets » m'a fait cadeau d'un énorme potiron… !

— Tu lui as tapé dans l'œil ? Il est à croquer avec son bon gros ventre, sa toque et son petit tablier blanc, non ? Est-ce que tu vas lui écrire une belle lettre ?

— Pas question ! Mais… lui m'a laissé un petit mot !

— Wouah, c'est vrai ?

— La recette de la courge à la noix de coco ! C'est presque une déclaration, ça ! Allez, en route !

— Je suis contente que tu croies encore à l'amour.

— Oui, j'y crois. Si je n'y croyais plus, j'aurais tout perdu.

— Bravo, Ginette, c'est comme ça que je t'aime. Moi, je vais te dire : t'as bien plus à donner que ce qu'on t'a volé.

— C'est quoi déjà ton proverbe favori : quand on est un marteau, on voit des clous partout, c'est ça ? Alors, si je deviens une pâtissière, les hommes seront des crèmes.

— Allez, en route !

Camille fut rassurée. Ginette était encore capable de légèreté, c'était bon signe.

Les deux femmes échangèrent un regard complice.

Depuis que Ginette avait eu l'idée de ce projet d'entraide, elles étaient devenues inséparables. Elles avaient emménagé dans l'appartement de Romeo, qui était ravi d'avoir deux amies pour veiller sur lui. La concierge, d'abord méfiante, avait fini par accepter cette cohabitation. Mais elle ne manquait pas une occasion d'essayer d'en savoir plus sur leurs relations. Camille s'en amusait beaucoup. Un soir, elle demandait à la concierge si elle avait vu son mari, en parlant de Romeo. Le matin, elle informait la concierge : « Ma femme et moi, nous allons faire des courses.

C'est qu'il mange, notre homme ! » Un jour, n'y tenant plus, la concierge finit par lui demander sans détour avec qui elle était mariée, ce à quoi Camille répondit : « L'amour n'a pas de sexe ! » Et elle salua la concierge qui marmonna entre ses dents : « Eh ben, on aura tout vu ! »

Chaque soir, Ginette, Romeo et Camille faisaient la tournée ensemble pour proposer une soupe à ceux qui étaient démunis et seuls.

Elles assortissaient leur visite d'une lecture d'un texte de leur composition.

— On met du beurre dans les épinards et des poèmes dans la soupière, disait Ginette. Ma cuisine doit faire du bien au corps et au cœur. Dans notre dictionnaire, ça s'appelle « cuisinamourer ».

La présence bienveillante de Romeo en blouse blanche rassurait les personnes âgées à qui elles rendaient visite.

Depuis qu'elles avaient pris l'initiative de cette distribution de réconfort, leur passage était attendu.

La soupe faisait office de dîner pour une maman seule avec son enfant ou pour une vieille dame qui ne sortait plus. Ginette voyait les choses en grand et prévoyait de livrer bientôt un menu entier. Mais pour le moment, elle manquait de matières premières.

Elle avait donc proposé un atelier d'écriture pour donner des noms à ses futurs plats.

— S'ils sont beaux sur le papier, ils seront bons dans la bouche.

Personne ne discuta la logique de Ginette et ils inventèrent le « velouté de carottes cueillies sous la rosée du matin », la « truite arc-en-ciel entourée de ses admirateurs », ou le « soufflé à l'océane un jour de tempête ». Pour le dessert, Ginette proposa tout simplement une « crème renversée façon Ginette ».

— Celle-là, je l'ai testée, dit-elle.

Quand Camille laissa entendre que la crème avait dû s'étaler par terre, Ginette lui rétorqua que c'était comme ça qu'était née la tarte Tatin et que personne ne trouvait à y redire.

Chaque fois que son emploi du temps le lui permettait, Alice venait à l'atelier d'écriture. Les participants étaient de plus en plus nombreux et tout naturellement, chacun à son tour proposait des sujets. Ils se réunissaient à différents endroits, cafés, jardins publics, maisons, partout où on les invitait, laissant le plus souvent ce qu'ils avaient écrit à leurs hôtes. Le *Dictionnaire des mots à inventer* grossissait ! Camille et Ginette profitaient toujours de l'occasion pour montrer le roman d'Alice qui venait enfin d'être publié et dont elles étaient très fières.

— Vous avez la chance de voir devant vous les héros d'un roman, avait coutume de dire Camille.

— En chair et en os ! Et… bien en chair, en ce qui me concerne ! rajoutait Ginette.

Alice était très occupée par les salons du livre mais aussi par ses fonctions à la mairie. Le nouveau maire lui avait demandé de travailler avec lui. Il voulait penser une autre façon de vivre la ville ensemble. Il avait accueilli Alice en lui disant : « "Aucune carte du monde n'est digne d'un regard si le pays de l'utopie n'y figure pas", Oscar Wilde… Alors, rêvez, proposez, inventez… cette ville est une Belle au bois dormant qui attend d'être réveillée. »

Alice était ainsi devenue une conseillère en projets atypiques, culturels et solidaires. Et depuis quelques mois, leur collaboration portait ses fruits. La programmation du théâtre de Bourgis était devenue originale et audacieuse. Des terrains avaient été prêtés à de jeunes maraîchers à condition qu'ils cultivent sainement et vendent leur production localement. Un système d'échange de déchets en plastique contre des tickets de bus avait suffi à rendre la ville propre. Toutes sortes d'initiatives qui changeaient le quotidien des Bourgisiens.

Quant à la vieille usine, elle était redevenue une fabrique de petits bonheurs. Camille y avait créé un atelier où on pouvait recevoir de l'aide pour réparer son vélo ou sa machine à laver. Elle y déposait aussi les fleurs qu'elle n'avait pas vendues « pour les amoureux fauchés », disait-elle. Ginette avait ouvert une cantine solidaire où elle partageait avec ses hôtes des voyages gourmands sur tous les continents. On y trouvait aussi une salle d'exposition de peinture et une scène ouverte où étaient proposées des soirées de contes, de poésie et de slam que Moïse animait et que JJ et Charlot ne rataient jamais. Simple spectateur ou artiste, chacun y trouvait sa place. La parole était libérée, on s'indignait, on échangeait ses déceptions contre de l'espoir, on riait, on s'y sentait vivant. Dans ce lieu, on sentait battre le pouls de la ville parce que tous les milieux sociaux s'y retrouvaient. Aux alentours, on parlait de Bourgis comme d'une ville où il faisait bon vivre.

Puis au début de l'automne, Moïse avait annoncé à Alice qu'il aimerait retourner en Martinique. Il lui avait expliqué : « J'ai laissé ma mère seule, aux prises avec un sale type. Je me sens assez fort maintenant pour la défendre. Et puis… je ne peux plus attendre que la vie décide pour moi et me rembourse mes années de galère. Je veux prendre mon destin en main et trouver ma place. Je sais maintenant que mes mots peuvent aider les autres. Et c'est chez moi, en Martinique, que je serai le plus utile. Et je sais aussi que pour le moment, ta place est ici. Tu dois accompagner ton livre dans ses premiers pas en public. Mais ce ne sera pas long, on se retrouvera bientôt, aie confiance. » Alice y croyait.

Depuis, Moïse lui envoyait des messages tendres et toujours surprenants et des e-mails enfiévrés où il lui racontait ses combats pour la défense de la culture créole et contre la négation de l'esclavage. Alice, même s'il lui en coûtait, savait qu'il avait eu raison de partir. Et elle lui était reconnaissante de lui avoir appris à aimer le présent.

Puis, peu avant les fêtes de fin d'année, alors qu'elle remontait le col de sa veste pour échapper à la morsure de décembre, elle reçut un appel de Moïse :

— Dis-moi, que penses-tu de la Martinique comme décor pour ton second roman ? Évidemment, ça t'obligerait à y passer du temps pour t'imprégner de l'ambiance… mais je connais une petite maison au bord de la mer… Qu'en dites-vous, mam'zelle ?

Il faudra rajouter à notre dictionnaire un mot pour dire l'impatience de retrouver quelqu'un que l'on aime, pensa Alice.

Remerciements

J'ai écrit ce livre dans une période difficile. J'aimais par-dessus tout danser et randonner. Du jour au lendemain, ma vie a brutalement changé. Mais j'ose penser que c'était pour ne me laisser d'autre choix que d'écrire. Ce livre est ma plus belle victoire contre les aléas de la vie.

Écrire un roman, quelle aventure !

Mon compagnon dans ce voyage en terre inconnue a été René-Jean. Merci, mon Amour, d'avoir été là pour m'encourager lorsque la montagne à gravir me paraissait trop haute, pour me rappeler le but à atteindre quand j'avais envie de m'arrêter, pour m'offrir ton bras quand la route était escarpée. À chaque étape de ce roman, tu as répondu présent. Au début de l'aventure, j'écrivais quelques pages pour te faire oublier un gros souci puis, petit à petit, les mots nous ont entraînés un peu plus loin pour notre plus grande joie et nous avons fait ce voyage ensemble, main dans la main. Mon rasta chauve, je te dédie ce roman qui ne serait pas ce qu'il est aujourd'hui sans ta présence à mes côtés !

Tous les jours depuis presque treize ans, en toutes circonstances, tu me souhaites mon anniversaire, rien que pour m'amuser. Alors permets-moi aujourd'hui de te souhaiter joyeux anniversaire, joyeuse fête et joyeux amour ! Et je reprends ta formule préférée : « Jenouzême » !

Merci, mes enfants, Sabrina et Erwan. Erwan, pour tes conseils d'organisation, tes messages positifs, ta solidité et aussi… pour ta patience quand je raconte une histoire avec sans doute un peu trop de détails ! Mais c'est tellement bon d'essayer de te captiver ! Sabrina, merci pour ta présence toujours attentionnée et ton intérêt pour mes créations. Mes enfants, merci pour votre amour et votre soutien inconditionnel. Vous êtes ma plus belle réussite ! Et même d'un continent à l'autre, nous sommes ensemble.

Merci, Jean-Jacques. Tu as été le premier à croire en moi. Nos échanges épistolaires m'ont beaucoup nourrie. « Envole-moi » m'a donné les ailes dont j'avais besoin. Chaque fois que j'écoute tes chansons, je me dis que ce ne sera pas « un matin pour rien ».

Ma petite sœur, tu m'as accompagnée dans les bons et les mauvais moments. Tu as toujours été précieuse dans ma vie. Chaque jour, tu me manques. Je te dédie ce livre ainsi qu'à tes enfants, Pauline et Maxime.

Merci, Adrian et Virginie, d'être bienveillants envers votre belle-maman et d'accompagner avec beaucoup d'amour mes enfants.

Merci, ma petite Nora. Il suffit de ton sourire pour que ma journée s'éclaire.

Une pensée reconnaissante aussi pour les deux petits garçons qui vont bientôt arriver sur cette Terre.

Merci, mes parents, Gustave et Raymonde, pour m'avoir appris à dépasser les difficultés. Papa, tu me manques.

Merci, Jean-Loup, infiniment merci pour ces années partagées avec amour. Tu as toujours été présent pour me laisser le temps de découvrir l'écriture.

Merci, Alain, pour ta présence toujours tendre et bienveillante et ta confiance depuis toujours. Tu sais trouver les mots justes, ceux qui me poussent à déverrouiller les portes de mon imaginaire pour être au plus près de moi.

Merci à toi, Martine, d'avoir lu ce roman avec la rigueur intellectuelle, l'exigence et la compétence qui te caractérisent. Merci d'avoir cru en moi.

Merci à tous ceux que j'ai rencontrés à Solexine, Bernard, Janine, Michel, Éric, Daniel, Joël, Jean-Christophe, Édith, Aubert… pardon pour ceux que je n'ai pas cités. Nous avons partagé un chemin de mots très beau. Je ne vous ai pas oubliés. Vous avez inspiré ce roman même s'il n'y a aucune ressemblance avec vous.

Merci, Anne-Catherine, d'avoir lu avec attention cette histoire. C'était très important pour moi de connaître ton ressenti. Je connais ton talent en écriture et j'espère qu'un jour tu l'offriras au monde.

Merci, Sylvie Marchial et Mague Lonne, pour votre relecture attentive et vos encouragements.

Merci à ma belle belle-famille, qui m'a ouvert ses bras.

Merci à mes amis d'ici et d'ailleurs, de Madagascar, de Mayotte, de Martinique, de Tenerife, de La Réunion, et en particulier à Véro et Antoine. J'ai continué le voyage mais vous êtes toujours près de moi.

Merci, Ingrid, pour ton amitié envers et contre tout.

Merci au beau village de Meyrueis qui a servi de décor à une partie de cette histoire. Comme le personnage d'Alice, j'ai terminé mon roman dans l'atmosphère apaisante des Cévennes. Merci à ceux qui font vivre ce village et en particulier à Muriel et Jean-Louis, Claude le danseur poète et sa Simone, Martine Bertrand, Claude et Annie, Alain et Josée… Pardon à tous ceux que je ne peux pas citer.

Merci à Librinova pour le début de cette aventure.

Merci aux éditeurs de mes livres pour enfants qui, les premiers, m'ont ouvert ce chemin d'écriture, chez Cipango, Bayard, Flammarion, Nathan, Gautier-Languereau, Hachette, Orphie, Milan…

Et surtout merci à NiL Éditions, et en particulier à Lisa Labbe, pour m'avoir fait confiance. Votre accompagnement, votre soutien, votre écoute ont été extrêmement précieux.

Et bien sûr, merci à mes lecteurs. C'est vous qui, maintenant, allez continuer le voyage. Vous allez me « dé-livrer » pour mon plus grand bonheur. Je vous confie le meilleur de moi. Je sais qu'il est entre de bonnes mains.

Danièle.

fossette.daniele@gmail.com

La photocomposition de cet ouvrage
a été réalisée par
Graphic Hainaut
30, rue Pierre-Mathieu
59410 Anzin

Imprimé en Espagne par
Liberdúplex
à Sant Llorenç d'Hortons (Barcelone)
en mai 2022

POCKET - 92, avenue de France - 75013 Paris

S31883/01